AS PÁGINAS

Murray Bail

AS PÁGINAS

Tradução
Marisa Motta

Título original
THE PAGES

Copyright © Murray Bail, 2008

Murray Bail assegurou seus direitos sob o
Copyright, Designs and Patents Act 1988 para ser
identificado como autor desta obra.

Primeira publicação desta obra na Grã-Bretanha em 2008
pela HARVILL SECKER
Random House
20 Vauxhall Bridge Road
Londres Sw1V 2SA

Direitos para a língua portuguesa reservados
com exclusividade para o Brasil à
EDITORA ROCCO LTDA.
Av. Presidente Wilson, 231 – 8º andar
20030-021- Rio de Janeiro, RJ
Tel.: (21) 3525-2000 – Fax: (21) 3525-2001
rocco@rocco.com.br
www.rocco.com.br

Printed in Brazil/Impresso no Brasil

CIP-Brasil. Catalogação na fonte.
Sindicato Nacional dos Editores de Livros, RJ.

B417p	Bail, Murray As páginas/Murray Bail; tradução de Marisa Motta. – Rio de Janeiro: Rocco, 2010. Tradução de: The pages ISBN 978-85-325-2537-6 1. Romance australiano. I. Motta, Marisa. II.Título.
10-0507	CDD – 823 CDU – 821.111-3

1

AO AMANHECER – que palavra: o início do mundo mais uma vez –, as duas mulheres partiram de Sydney num carro pequeno, enquanto outras pessoas iam devagar para o trabalho ou, pelo menos, começavam a agitar-se produzindo uma série de movimentos sobrepostos e interrupções, madrugadas despertas ou falsas, enquadradas pelo vidro do carro.

Elas viviam na cidade. Confortavelmente sentadas e aquecidas, esperavam vivenciar o inesperado, um acontecimento ou uma pessoa, de preferência uma pessoa que entrasse nas vidas delas e as alterasse. Havia certo otimismo em relação à viagem. A passageira, com um colar grosso como seixos feitos de garrafas de cerveja, nunca fora às montanhas. E tinha quarenta e três anos. As instruções foram escritas com uma caneta esferográfica numa folha arrancada de um caderno de exercícios. Levaria o dia inteiro até chegar ao destino. Situava-se além das montanhas, no interior, na zona rural a oeste de New South Wales, onde o ponto final volta-se para o sol.

Antigamente, os viajantes suados não tinham outra opção a não ser seguir um caminho pela floresta ou pelos arbustos secos. Uma imagem muito comum. Agora, na estrada longa e ampla chamada Parramatta, os obstáculos consistiam em nomes, adjetivos e sinalizações, luzes brilhantes semelhantes a flechas, as inúmeras interrupções diferentes de cores e promessas e, sinceramente, o trabalho difícil de enfrentar os ressaltos na estrada, que tumultuavam e distraíam a mente. O trânsito parava e andava sem cessar: os sinais bem que poderiam ser sincronizados.

A mulher ao volante tinha um método de dirigir rápido, abrindo caminho, e de mudar as marchas como uma série de cutucões e estocadas, um estilo que só poderia ser definido como feminino. Era seu jeito habitual. Sugeria refinamento: tudo é temporário, como a temporalidade em etapas.

Erica Hazelhurst tinha uma fisionomia calma e lábios pálidos. De perfil seu nariz era elegante, mas ao se virar tornava-se mais banal. Vivia sozinha.

Alguns anos mais jovem, sua passageira tinha uma cabeça um pouco grande, que raramente as pessoas notavam em razão de uma energia inquieta e autocentrada. Ela sempre perdia alguma coisa, esquecendo-a em cima de uma mesa, numa cadeira ou no banco de trás de um táxi, como se deixasse pistas para alguém segui-la... óculos escuros, uma luva, chaves, livros, bolsas e, certa vez, a virgindade. Agora apoiava o pé no assento e com a cabeça inclinada pintava as unhas. Enquanto se concentrava descrevia ao mesmo tempo um homem que ambas conheciam. Voltou sua atenção para as unhas. Com uma precisão rápida comentou o comportamento recente dele e suas qualidades menos conhecidas, algumas delas boas, o que só dava mais crédito às suas qualidades ambíguas e negligentes. Pela rapidez e segurança do relato, esses comentários poderiam ser parágrafos extraídos de alguma espécie de manual, um manual de Tipos, diversas histórias de casos indicando um estilo clínico do Comportamento Inevitável etc.

Ao terminar, examinou sem piedade as unhas. Não parecia notar que estavam roídas. Agora queria concentrar-se em algo diferente, outra situação, uma pessoa, e Erica, esperando que sua atenção se voltasse para ela, adotou uma expressão muito serena.

Era quase sempre assim. Em vez de uma familiaridade tranquila, elas interpretavam um papel de uma casualidade agitada, mais como uma demonstração de familiaridade que não exigia resposta. E meses poderiam passar até que uma delas telefonasse por um impulso, sem uma razão especial, ou quando estava passando por dificuldades indefinidas; então conversavam como se tivessem se encontrado no dia anterior.

Erica olhou o cabelo da amiga, avermelhado, aberto a experimentos. Seu cabelo era curto, com um estilo acadêmico tradicional. E notou também com certa admiração a blusa que parecia ter sido escolhida por acaso, de seda clara, com bordados aqui e acolá, e botões abertos, em que a sombra oferecia uma ampla promessa de maciez.

"Eu seria uma esposa melancólica", pensou em dizer, mas em vez disso franziu a testa.

Refletiu imediatamente por que tivera esse pensamento – seria verdadeiro? E por que pareceria ser uma característica fora do padrão para pessoas próximas? Concentrando-se em dirigir, percebeu que não era um pensamento e, sim, uma dessas abstrações imprecisas que surgem de todas as direções, interferindo em pensamentos objetivos.

De súbito a chuva retiniu na lataria do carro, sol brilhante, chuva de novo.

Elas estavam no topo das montanhas, a estrada sinuosa subia e descia, fazendo com que suas cabeças se inclinassem de um lado para outro, ao passar por casas de chá, estações de trem, lojas vendendo chaleiras antigas e mobílias de vime, hotéis nas esquinas e mais recuados, gasolina, eletrodomésticos, tortas, jornais e revistas. Uma mulher saiu de uma das lojas e acenou para alguém, não para elas. Uma igreja presbiteriana transformara-se numa loja de tapetes.

Sophie – a passageira – agora se examinava num espelho compacto, concentrada em seus dentes.

– Cansei das Blue Mountains. Não vi um único sinal de algo azul.

Abaixo, à direita, uma planície iluminada pela luz púrpura do sol surgiu como se estivesse estampada num calendário de açougue. A névoa obscurecia o telhado vermelho de uma fazenda e uma pastagem de merinos. Tinha algo a ver com a terra e a temperatura do ar. Para Erica, qualquer coisa que sugerisse imperfeições ou pensamentos obscuros lhe causava impaciência – os anos de treinamento. Será que, por ter tentado durante toda sua vida banir pensamentos vagos, tornara-se severa e transformara-se numa mulher dura?

Essa pergunta lhe vinha à mente em lugares inusitados, como no banheiro, saindo do chuveiro, no supermercado procurando tomates, na sala de aula quando estava no meio de uma frase medieval – inesperadamente, nos momentos mais estranhos. A frequência disso a preocupava muito. Não havia como livrar-se dela. No banheiro, nua, sozinha, só poderia olhar seu corpo no espelho. Uma mulher seria capaz de ser forte e lúcida sem endurecer-se? A rigidez não deveria ser atributo de uma mulher. Erica quase perguntou isso a Sophie. Concentrada em guiar o eficiente carro japonês, refletia se havia se transformado numa mulher fria e desagradável. "Você acha que desenvolvi um lado duro em minha maneira de ser?"

Erica Hazelhurst tinha um corpo bonito, curvilíneo, herdado de sua mãe, a pele clara, com quadris semelhantes a mãos, as duas metades não muito simétricas. Usava sapatos de salto baixo. Erica vinha de uma família que prezava a discrição. A mãe e o pai, os seis tios e as tias esqueléticas, além dos vizinhos também atrás das cercas da rua curta e quente em Adelaide, faziam questão de não revelar seus pensamentos. O fato de falar atraía a atenção. Era melhor ficar calado. Revelar seus sentimentos era uma questão problemática, sem fundamentos sólidos, que causava mais problemas do que merecia; era melhor guardá-los para si mesmo. O estoicismo predominante deve ter se originado do interior, do país seco e improdutivo. Isso comprimia as palavras. O lugar ainda não se tornara feminista e criava seus padrões de decoro. Havia uma honestidade implícita na família de Erica, em relação ao dinheiro e a outras pessoas. E ninguém pensaria em queixar-se da simplicidade das circunstâncias.

Seu pai tinha uma loja em um dos prédios de granito na King William Street, no terceiro andar, entre um negociante de selos e uma chapeleira. A primeira vez em que Erica o viu atrás do balcão quase não o reconheceu, seu próprio pai. Isso fez com que desse meia-volta e olhasse em outra direção. Para proteger os punhos da camisa seu pai usava um cardigã verde que ela nunca vira antes e tiras elásticas nas mangas. Ele vestia-se assim logo que chegava ao trabalho. Adaptada para seus olhos ele tinha uma grande lupa, que utilizava o dia inteiro. Com movimentos hábeis abria a parte de trás de um Longines de prata, expondo seu interior que estremecia como uma ostra. Na hora do pagamento, Victor Hazelhurst nunca respondia ao cliente, e procurava um pedaço de papel onde escrevia a quantia e o entregava.

Erica esperava o pai no ponto de ônibus, para voltarem à casa. Ela segurou seu polegar e começou a conversar. Após alguns passos ele emitiu um som abrupto, não exatamente uma palavra, e soltou sua mão. Umas pessoas aproximaram-se, algumas se ajoelharam, pressionando o queixo e as faces dele. O sol brilhava. Mesmo o asfalto da rua reluzia. Durante muito tempo Erica não soube o que pensar. Ela acha que parou de pensar. A estrutura de ferro corrugado da igreja parecia um galpão de lã tosquiada. Um cavalo castanho estava parado na entrada, protegido do vento.

Agora mais do que nunca Erica queria dar um sentido à sua vida. Foi um esforço excessivo tentar entender breves momentos, os registros fugazes, assim como o que parecia longo e sólido, ou pelo menos constante; sempre ensimesmada, refletindo de que forma e onde ela se adaptaria (e por quê). Erica achava que era um indivíduo isolado, um ser que por acaso era mulher. Tentou partir dessa perspectiva. Ninguém na terra parecia-se com ela, nem mesmo em aparência. Surpreendia-a ao ver como a irmã nascida dos mesmos pais um ano antes dela não pensava, falava ou se assemelhava a ela fisicamente, sobretudo agora que tinham quarenta e poucos anos. E ao longo do tempo essa pessoa, ela, Erica Hazelhurst, viveu experiências infindáveis, cada uma delas suprindo acréscimos desiguais e alterações em seu eu original – inclusive a experiência com palavras –, uma camada multifacetada que aumentava ainda mais a distância das outras pessoas, de outras mulheres. Essas experiências passaram por ela, assim como o tempo, e refletindo sobre elas e avaliando-as, aproximou-se do que chamava "pensando sobre pensar". O problema é que isso excluía as demais pessoas.

2

O FATO DE ALGUÉM pensar que Sydney seria capaz de gerar um filósofo de relevância mundial ou mesmo de menor importância revela a escassa compreensão das condições necessárias para um pensamento filosófico.

Sydney sem dúvida é um dos lugares mais bonitos sob o sol. A localização, o local. Uma colonização recente brilhantemente iluminada. Era uma região tardia e usufruía as vantagens e desvantagens disso. Os primeiros colonos foram ladrões, falsários e mães solteiras, acompanhados por soldados com a barba por fazer e magistrados funestos, proprietários de lojas, cervejeiros, construtores de estradas, parteiras, seguidos por fazendeiros e trabalhadores agrícolas, entre outros (negociantes de cavalos, taverneiros, alfaiates de óculos e peões topa-tudo), todos com a esperança de uma nova vida. Dificilmente teriam interesses filosóficos, a maioria não sabia nem escrever o nome. Durante cinquenta anos só alguns livros circularam no país. Os outros componentes que faltavam eram a escravidão, o desequilíbrio entre religião e superstição na vida cotidiana, ou uma tentativa coletiva de exprimir a individualidade, um humor sombrio e obscuro, além de um clima frio, que outrora levou as pessoas a voltarem-se para a filosofia em busca de respostas. Com o tempo, Sydney evoluiu e baseando-se em sua colonização original tornou-se independente, e os filósofos, se é que havia algum, dificilmente encontrariam problemas para solucionar. As perguntas filosóficas importantes haviam sido resolvidas de alguma forma. As perguntas remanescentes eram irrisórias; todas se encaixariam na cabeça de um alfinete. As pessoas em Sydney que se interessavam por filosofia limitavam-se a comentar o trabalho alheio, e o isolamento delas levou-as a serem autoridades mundiais no tocante a figuras marginais, como Charles Peirce ou o aterrorizante Joseph de Maistre.

No final da década de 1970, havia um homem magro e míope, com uma boca excepcionalmente grande, que morava numa casa de cômodos em Glebe. Na maioria dos dias ele era visto no parque em Black Wattle Bay, andando à toa e olhando as nuvens horas a fio. Quando não fazia isso sentava-se no banco do parque, apontando um lápis azul com um canivete, como se estivesse aprimorando uma ideia original. Não falava sobre nenhum assunto, muito menos pensamentos de natureza filosófica. Guardava os pensamentos para si mesmo. Às vezes, as crianças jogavam pedras nele. Talvez fosse um daqueles homens que perderam o juízo na guerra. Contudo, por isso mesmo, as pessoas diziam que era um filósofo! Que país. Quitandeiros e policiais davam uma piscadela tolerante em sua direção, "o filósofo" ou "nosso filósofo".

Diante da palavra "filosofia" as pessoas em Sydney correm como rebanhos, procuram o revólver e, depois, olham os sapatos e sorriem com indulgência; ficam perplexas.

É diferente em outros lugares como Berlim, Copenhague e Viena. Nesses lugares, a filosofia não está em um segundo plano inadequado nem remoto, e sim em primeiro plano na vida cotidiana. Existem locais onde os filósofos têm a posição merecida, ou seja, num pedestal. É comum encontrar nessas antigas cidades uma estátua de bronze de um filósofo, e suas proposições mais complexas são discutidas no café da manhã e, com certeza, transmitidas em dias alternados à noite no rádio.

Nesse ínterim, Sydney jamais se importou com questões filosóficas e, por consequência, não se veem filósofos em lugar nenhum.

Essa ausência normalmente causaria um espaço vazio essencial, um grupo inteiro de pessoas vivendo sem o benefício de longas frases – frases fundamentais. No entanto, vemos agora como a falta de interesse em um campo estimula a investida em um campo adjacente, tal como os passageiros amontoam-se num lado do navio quando surge um porto.

A psicologia e sua ramificação semelhante a uma videira, a psicanálise.

Em Sydney é difícil esbarrar em alguém que não faça análise, ou que tenha feito, ou que está prestes a fazer.

Por ser a cidade mais sem interesses filosóficos no mundo, Sydney tornou-se a cidade mais impregnada de psicologia da terra.

As varandas nas casas das periferias e salas em pequenos blocos de escritórios perto de centros médicos foram decoradas com cortinas pesadas, a cadeira e o sofá duplicatas da atmosfera cavernosa do consultório de Viena, cenário da primeira experiência analítica que produziu resultados tão interessantes, no outro lado do mundo. Nos longos meses de verão, quando as janelas dessas salas levantam-se como muitas bocas abertas, ouvem-se nas calçadas zumbidos sussurrantes que se misturam uns aos outros, e todas as palavras e frases circulam entre si, e nada mais. No início da noite, as mulheres bem-sucedidas de grandes negócios, que ganham muito dinheiro, precipitam-se para suas consultas regulares. E gostam disso – a frase interminável. Quem sabe os sacrifícios que fizeram e as perplexidades vagamente sentidas – tudo por causa do trabalho? Outros, talvez esmagados pela figura paterna, ou frustrados por um casamento rompido, abandonam qualquer coisa que estejam fazendo às três ou quatro horas para chegarem a tempo da consulta. Uma escavação por meio de palavras. Isso pode ser um trabalho difícil. E esses pacientes são inteligentes. Após cinquenta minutos em ponto podemos vê-los caminhando apressados nas calçadas de volta à vida normal, o dia a dia com todas as suas complexidades, sua aparente liberalidade, suas imperfeições, alguns exibindo uma expressão exaltada, enquanto procuram desajeitados a chave do carro.

O que acontece aqui? O céu é azul, sempre sem nuvens, é esse o motivo? Um grande vazio que provoca uma introspecção? Agora que a cidade está próspera e movimentada, e não mais é uma pequena cidade de um país, houve uma transferência de cenário e dos antigos sofrimentos para a individualidade? Diversas repressões estão escondidas, a "raiva congelada" é uma das expressões usadas. Eles dizem que é uma questão de levantar pouco a pouco as camadas, para encontrar o ego original, no qual possa haver um reconhecimento que propiciará um lampejo de esperança.

Essa é a era da individualidade; a confissão em público por toda parte, o excesso do "eu" e, na vida privada, o terapeuta substituiu de uma forma discretamente estruturada o padre. E quem está fazendo esse discurso? Não por hostilidade, ou pelo menos não com seriedade, as personalidades autocentradas possuem um interesse concentrado, quase técnico, em sua individualidade, como se fossem espécimes. O interesse pelos outros tende a ser superficial, impaciente, pomposo. Para as pessoas que têm atração natural pela análise, na qual veem o caminho para dar importância só a si mesmas, o "eu" problemático, por ser a fonte verdadeira e primária de suas dificuldades, existe o perigo real de a psicanálise não o revelar, e sim dar forma e confirmar o caráter autocentrado delas. Oito, dez anos de análise não é um fato incomum. Em Sydney os pais enviam os filhos, antes da adolescência, ao psicanalista que moldará uma mente ainda não formada, antes que as instabilidades da vida cotidiana possam oferecer uma analogia ou uma capacidade de autocorreção.

Anos passados murmurando frases circulares intermináveis, enquanto o analista permanece quase, senão totalmente, oculto.

Um filósofo não permitiria isso, mas quando necessário não existe nenhum.

3

Foi ideia de Erica levar uma garrafa térmica com chá. Além do cachecol e do casaco com bolsos fundos, é isso que se deve fazer quando se sai da cidade de carro. Se tivesse uma manta de viagem ela a teria jogado também no banco de trás.

– Além disso – afirmou sem virar a cabeça –, trouxe uma fatia de bolo de gengibre.

– Algumas vezes eu gostaria de ter sua mente prática – falou Sophie alongando-se confortavelmente. – Facilitaria muito minha vida. No entanto, olhe para mim: não posso comer uma caloria de nada.

Demoraram a encontrar um lugar adequado para parar, evitando fossos, ladeiras e cancelas. Por um lado, elas não queriam um espaço aberto, onde seriam as únicas figuras visíveis, mas uma grande quantidade de árvores próximas à estrada não oferecia nenhum espaço. Sophie disse que isso era pior que comprar roupas. Andaram horas, sem ficarem satisfeitas, até acharem um eucalipto e, embora não fosse o lugar perfeito, Erica freou com força e o carro derrapou até parar perto da árvore.

De vez em quando um carro passava e as envolvia num rodopio de ruídos metálicos e chocalhantes, e vibrações.

Erica sentou-se com a porta aberta segurando a xícara com as duas mãos, com os pés apoiados na terra. Oposta ao carro havia uma antiga casa de fazenda rodeada por uns utensílios agrícolas enferrujados, que pareciam insetos mutilados gigantescos. Erica ergueu os olhos e os examinou. Sob o eucalipto, as botas de cano curto italianas de Sophie faziam barulho em cima das cascas secas espalhadas pelo chão, porque ela gostava de caminhar de um lado para outro em novos ambientes.

Ao observar a agitação de Sophie, Erica pensou na sua calma e paciência, hora após hora, em seu trabalho. Como conseguia fazer isso? Só uma pessoa com certa necessidade psicológica se submeteria.

Sophie parou de movimentar-se.

– Devemos estar no campo. Aí vem um homem a cavalo, atrás de você.

Erica poderia tocá-lo. Era uma massa sólida, com um pelo castanho-escuro brilhante, estremecendo às vezes, enquanto trotava com delicadeza. Correndo atrás se via o cão kelpie do homem, com a língua de fora, como se estivesse com sede.

Com todo o espaço do mundo, em meio a um campo amplo aberto, o homem e seu cavalo castanho colocaram-se entre o carro e Sophie, e as duas mulheres ficaram bloqueadas. Irritada, Erica pensou que ele poderia ter usado o outro lado da estrada.

O cavalo e o cavaleiro pararam. Simulando um movimento trabalhoso o homem desmontou e dirigiu-se a elas, enquanto as mulheres o olhavam.

Assim que tirou o chapéu elas viram que sua fisionomia era de um homem comum. As linhas verticais na testa que desciam para os olhos revelavam os corvos, riachos, as planícies salgadas do país que comprimiam sua boca. A camisa verde estava manchada, o bolso onde guardava os cigarros era um farrapo.

Com um movimento do chapéu, disse:

– Vocês não vão longe com esse carro.

Sophie falou com uma voz infantil, sem perceber. Isso serviria para fazer o homem estranho parecer mais forte humilhando-o mais ao agachar-se diante do pneu. Erica observava a situação. Elas poderiam pelo menos segurar algo ou lhe dar uma chave de fendas? Lacônico, ele já levantara a parte de trás com o macaco, e com os dedos gordos mexeu com habilidade nas porcas. Havia uma tensão em seus quadris agachados, com as duas mulheres olhando-o por trás. Ele pigarreou.

– Chamam essa árvore sob a qual estão paradas de árvore assassina. Um galho pode cair na cabeça de uma pessoa.

Por que estava nos contando isso?

– Depois, a morte violenta – disse, limpando as mãos nas calças.

Sophie aproximara-se do cavalo.

– Como ele se chama? Ele não vai morder, não é? – perguntou Sophie.

Abordava esse homem por intermédio do cavalo; era como se Erica, sua amiga, não estivesse presente. As veias saltavam no pescoço dele quando apertou a última porca da roda, e partiu sem dizer uma palavra.

4

ERICA SEMPRE pensaria por que fora escolhida. Entre as sete pessoas do departamento, outras tinham melhores qualificações, e só uma vivia sozinha, como ela, ambas solteiras. (A vida solitária era conhecida por fortalecer a clareza do pensamento; Schopenhauer, Nietzsche, Kierkegaard, Spinoza, Simone Weil – e de qualquer modo quem viveria com esses tipos de pessoas? – sem esquecer Diógenes.)

Ela bateu na porta e entrou no gabinete de L. K. Deparou-se com o professor L. K. Thursk usando um suéter e sapatos pesados, cujo estudo longamente esperado sobre George Sorel tornara-se uma espécie de mito. O professor deu meia-volta quando ela entrou, suas mãos apontando sob o queixo como um príncipe indiano refletindo se iria saudá-la com um salamaleque. Ele desenvolvera uma hierarquia de pigarros, em seu caso necessário no esforço de exprimir até mesmo os pensamentos mais modestos, porque quase tudo que compunha o mundo era passível de ser desmentido. Parecia um bombeiro que houvesse perdido suas ferramentas. No entanto, para Erica isso era mais um tipo de exterioridade meticulosa da vida de um solteirão.

Caso não quisesse fazer o que ele lhe propunha, não teria de fazê-lo. Desde o início L. K. deixara isso muito claro. Entretanto, "não é prejudicial se de vez em quando uma universidade se estende à vida comum, e nessas ocasiões não é invulgar recorrer à filosofia". Pigarreou. "Na verdade, não consigo pensar em outro exemplo."

De um lado da janela havia uma borda de arenito, desgastada e polida pela interminável revisão de ideias, e uma parte do gramado regado por um inseto de metal com um som sibilante e metálico. Um claustro. Perante a ideia de uma espécie de aura necessária para um local de aprendizado, Erica pensou que um método novo e angular de ensinar filosofia jamais poderia ser realizado aqui. O tempo ficou mais lento nesse momento; parecia uma substância melífera. A sala estava ligeiramente úmida. O simpático professor teria esperado com prazer um dia inteiro por uma resposta.

Na semana seguinte, Erica foi a Trustee Company, em Bridge Street. Era um saguão que exibia uma série de fac-símiles de papagaios e cacatuas pretas do artista G. J. Broinowski, e uma fotografia da fachada marrom do prédio de c.1906. Em alguns andares os escritórios gastaram uma fortuna em lambris e na pintura. A fim de cumprir as instruções do falecido, a atmosfera era tranquila, até mesmo um eco judicioso cumpria seu papel.

O advogado era o sr. Mannix. Um homem grande, com bochechas caídas e lábios franzidos, em razão de tantos anos colocando palavras entre parênteses.

As pessoas sentadas ao redor da escrivaninha de Mannix, onde estava Erica, haviam sido escolhidas e suas personalidades tinham um valor material evidente. Os pressupostos eram confirmados, ou recebiam apenas uma correção perspicaz. Mannix observava os filhos, os sobrinhos ou a enteada favoritos mexerem as cabeças incrédulos e depois se zangarem, praguejando em silêncio ou olhando para o teto, alguns se inclinando para trás rindo, como se ele não estivesse presente, outros levantando-se abruptamente, e em uma data posterior (a ser determinada) voltariam com seus advogados vestidos com camisas idênticas de listras largas e terno escuro, para examinar se o testamento poderia ser contestado. Havia também um clima de felicidade. Uma sorte inesperada era prazerosa. Isso fortaleceria as lembranças. Uma confirmação. Mannix gostava de avaliar as pessoas com acuidade. Ao longo dos anos adquirira o hábito de pôr as mãos sobre a escrivaninha, perto da caixa de lenços de papel, mostrando sua aliança e as abotoaduras de ouro.

Agora ele observava Erica Hazelhurst. Não usava batom. Por causa do maxilar ligeiramente pronunciado seu rosto dava a impressão de uma calma estudada. Ele tinha uma tia em Melbourne, aliás, muito inteligente, parecida com ela. Erica vestia um cardigã claro da cor de ruibarbo cozido, que se alargava nos quadris, e calças com pontinhos verdes.

– Conheço a família Antill desde que trabalho aqui. Eu digo que os conheço, mas, na verdade, só encontrei nesses trinta e poucos anos um deles e, mesmo assim, por menos de cinco minutos. Mas tudo bem. Sem problemas. Os Antill são uma antiga família da zona rural. Eles podem fazer o que quiserem. Cliff Antill dirigia seu negócio pelo correio. Dizem que Cliff tinha medo de abrir a boca porque uma mosca poderia entrar nela.

Tudo que posso dizer é que deve haver uma quantidade enorme de pessoas nesse país que não comentarão nada.

"Ele cria cavalos de corrida. Há alguns anos saiu uma fotografia dele em um jornal tirada em Flemington e fiquei surpreso ao ver um homem magro segurando uma taça de champanhe. Sempre imaginei, não sei o motivo, que ele era um sujeito grande e corpulento. Ela, existia uma senhora Antill, era conhecida pela coleção de chapéus. A família ganhou dinheiro com a invenção de uma graxa de sapatos. Eu imagino que ela gostaria mais de seu apartamento em Astor do que da fazenda de criação de carneiros em meio aos arbustos. A sra. Antill fez doações para música e para a Biblioteca Estadual. Consegui dissuadi-la de doar dinheiro a companhias de teatro."

O móvel do arquivo, as venezianas dos anos 50, a organização excepcional da escrivaninha, sua superfície ampla e brilhante, a fotografia da mulher e dos filhos, e a imobilidade de Mannix demonstrada por suas abotoaduras fixas, só os lábios arroxeados moviam-se, como uma máquina escondida, ao formarem o arranjo horizontal das palavras. Tudo isso atraiu a atenção de Erica. Ela tentou imaginar como ele seria um pai para filhas. Se por acaso ele estivesse mexendo com um clipe, talvez o torcesse.

– Quando o sr. Cliff e a esposa faleceram, como por fim acontece com todos nós, a propriedade foi dividida em partes iguais entre os filhos. Os filhos eram Wesley, o mais velho – voltarei a falar dele –, Roger e a filha Lindsey, cujo nome escreve-se com *e*. Eles viviam em harmonia e administravam o negócio sem problemas. Wesley morreu. Em seu testamento ele legou sua parte ao irmão e à irmã.

O telefone tocou e Mannix respondeu: "Agora não."

– Eu encontrei Wesley neste escritório. Ele marcara uma reunião e sentou-se na cadeira onde você está agora. Isso foi há catorze anos. Eu não tinha a menor ideia do que pretendia. Um Antill nunca estivera neste prédio antes, nenhum deles. Sentou-se por alguns minutos até perceber que ainda estava de chapéu e o tirou sem dizer uma palavra. Seu cabelo era ralo e branco. Não esboçou um sorriso. Lembro que pensei que não deveria ser um homem feliz. Ele acabara de chegar da Europa, talvez esse fosse o motivo. Percebia-se por seus modos e roupas que estivera no exterior.

Mannix tirou das calças um lenço enorme, assoou o nariz, e o colocou de volta no bolso.

– Ele me disse: "Sr. Mannix, eu gostaria de mudar de nome. Como posso fazê-lo?"

"Wesley deveria ter uns 30 e poucos anos na época. Eu respondi que era possível, podemos fazer isso. Mas por quê? Lembrei-lhe que o sobrenome Antill não era um sobrenome antigo qualquer, e sim um nome que possuía uma história, com muitas conotações ligados aos grileiros. Não deveria ser rejeitado facilmente. Senti que poderia lhe dizer isso. Comentei que não gostava do meu nome – que tipo de pessoa você imagina quando vê 'Mannix'? – mas jamais pensara em mudá-lo."

Nesse momento, Mannix reclinou-se na cadeira.

– Ele ouviu com educação e depois disse que *Antill* não era um nome adequado para um filósofo. Um filósofo, falou, um filósofo precisa ter um nome apropriado à sua atividade, às suas tarefas, como disse. Não se importava com *Wesley*. Não era perfeito, porém não era um peso. Se necessário poderia usar apenas a inicial. *Antill* era o problema. Por ser superficial, era problemático. Ele disse que não existia uma filosofia "superficial". Isso era uma contradição. E repetiu mais de uma vez a palavra contradição. Para ser um filósofo era impossível ter o estorvo de um sobrenome inadequado. Creio que eu tinha uma expressão tola no rosto porque ele disse "O senhor não sabe do que estou falando."

"Ele explicou que atingir um nível significativo em filosofia era uma questão. A parte difícil era convencer outras pessoas disso. Tudo tem de estar em seu lugar, lembro que falou isso.

A fim de ter êxito era necessário livrar-se de todas as desvantagens e isso incluía seu nome. Um filósofo precisa ter autoridade sob todas as formas. Isso foi em linhas gerais o que disse, um filósofo precisa ter um nome apropriado."

– Penso que ele agia de um modo evasivo. Nada resultou dessa conversa.

Isso foi o suficiente para que Mannix se lembrasse de outros clientes e de suas instruções bizarras. "Tive um cliente que morreu", ele pensou em dizer, "e que deixou para o vizinho dois portões. Ele não os queria."

Seu conselho era a simplicidade.

– Eu digo às pessoas: aguardem, poupem um pensamento para o testamenteiro! Sem mencionar o acréscimo de despesa.

Ele adotou um tom de voz e maneiras informais que desapontaram Erica.

Mannix olhou-a de relance.

– Graças a Deus, na escala de dificuldades conheci pessoas piores que Wesley Antill. Como um de nossos clientes chamado Mound, sr. Leon Mound. O que fazer? Temos também Murray Pineless nos registros. E serei totalmente franco. Se fosse um assunto sobre fotografia e não filosofia não haveria nenhuma preocupação exagerada. Então, agora temos essa pequena dificuldade.

Ele ajeitou uma das abotoaduras.

– Segundo o irmão e a irmã, Wesley Antill era de fato um filósofo. Dedicou-se só a escrever sobre filosofia quando voltou a morar na propriedade da família. Com muita generosidade, o que me surpreende, seus irmãos não se importaram. De modo algum. Eles admiravam muito Wesley. Para eles, o irmão mais velho era um gênio. Ou talvez pensassem que poderia ter sido. Durante anos eles administraram a propriedade deixando o tempo dele livre, oferecendo-lhe espaço e tudo mais, para escrever. E era isso que fazia todos os dias. E qual foi o resultado? Há uma cláusula em seu testamento. É bem clara. Pede que a publicação de seu trabalho filosófico seja financiada por seu espólio. Isso é possível? Ele era um gênio da filosofia? Não temos a menor ideia. Por isso, você veio aqui. A universidade me informou que é uma especialista nesse campo. Nós gostaríamos que examinasse essa "filosofia" ou o quer que tenha escrito, e emitisse sua opinião.

– Sim – disse Erica, com um aceno. Ela quase continuou: "Eu me identifico com Wesley Antill. A dificuldade, meu Deus. Estou muito interessada nesse projeto. E isso será algo para aguardar ansiosa, o empenho, como conseguiu, enfim, tudo."

Mannix agora estava com pressa.

– Roger Antill e a irmã estão lhe esperando. – Voltou à escrivaninha e pegou um mapa escrito à mão. – Deve ser agradável nessa época do ano. – Ele lhe deu um aperto de mãos. – Nem muito quente, nem muito frio.

5

SOPHIE CRUZOU os braços. Bastou um pneu vazio e empoeirado para interromper seu movimento, o suficiente para que ela refletisse sobre o que ainda poderia acontecer, como se ela e só ela fosse escolhida para enfrentar obstáculos e incertezas. É claro, não era preciso muita coisa para abalar Sophie Perloff. Se uma pessoa que ela não conhecesse dissesse algo irrefletido, incorreto ou deliberadamente estranho, Sophie começava a pensar ensimesmada.

Havia algo morto ao lado da estrada. Duas pequenas fêmeas com crias estavam caídas com a forma da paleta de um artista.

Em seu trabalho Sophie permanecia neutra, como se fosse um conduíte. No consultório, em vez de um sofá ela usava uma *chaise longue* coberta com um *kelim*, uma exibição de individualismo geométrico. Assim, o paciente era forçado a deitar nem na horizontal nem ereto. Alguns achavam necessário segurar dos lados da espreguiçadeira e, por isso, numa tarde, a aliança de uma mulher magra escorregou do dedo e rolou pelo chão. Caso contrário, eles não sentiam desconforto. "Os únicos homens que atendo são ex-padres", explicou a Erica. Alguns pacientes caíam na categoria de superarticulados (um aspecto da intensidade deles). Quando a sessão terminava pareciam desapontados. Outros hesitavam mesmo quando estavam absortos falando de si mesmos. Outros começavam a soluçar e não conseguiam parar, num arroubo de desaprovação, ao perceberem como eram desagradáveis. Não era incomum que um paciente pagasse muito dinheiro todas as semanas para estender-se imóvel ou mexer-se ligeiramente inquieto na *chaise longue* recalcitrante, as pontas dos dedos tocando o chão, sem falar até os últimos minutos quando surgia uma enchente de reminiscências, de experiências que, é claro, eles tateavam no escuro e ao se apossarem delas e as encararem, reconheciam como uma evidência vital. Estendida na *chaise longue* sem dizer uma palavra, só contorcendo os dedos, com Sophie sentada em algum lugar atrás dela como um instigador invisível, uma pessoa começaria a ver como era desagradável e sem atrativos, e como isso afetava os outros; e embora isso fosse uma fonte de infelicidade, as pessoas sentiam-se felizes de reconhecer e descrever esse fato, como se tivessem realizando o próprio tratamento. O barulho do trânsito e o som de passarinhos entravam na sala e faziam com que Sophie divagasse.

Era preciso ter uma paciência extremamente especial para ouvir repetidas vezes as palavras dos outros. Em muitos casos, o assunto e a maneira de falar eram só um pouco diferentes dos demais. Uma grande parte do que se dizia era um pedido urgente de intervenção. Em vez de responder a uma pergunta com outra pergunta, algumas vezes Sophie, inesperadamente, dava uma resposta brusca. Sua opinião, caso não se importe! Ela achava sua personalidade misteriosa. Havia uma grande obscuridade em seu ser. Em algumas ocasiões seu monólogo sobrepunha-se. É claro que isso não deveria acontecer. Era preciso, expressivo, multifacetado e envolvente para Sophie, mas ser obrigado a ouvir esse jorro de palavras articulado não era o que o paciente confuso esperava.

Há pouco tempo, Sophie tivera relações sexuais com um paciente, um dos ex-padres. Ela decidiu correr o risco. "Sabe de uma coisa, Erica? Esses homens são fascinantes. Eles têm uma dupla personalidade. Possuem uma visão totalmente diferente da vida."

Sophie tinha prazer em encontrar e depois ter relações sexuais com um homem do princípio ao fim do processo. No ato sexual, quando se punha em cima de um homem, esses homens escolhidos, ela podia voltar os olhos para seu ego opaco, e espalhar uma generosidade abundante e, por um momento, o esquecimento. De outro modo, Sophie achava a intimidade difícil. Ela não conseguia envolver-se suficientemente, nem se aproximar. E gostava de sentir a fraqueza inevitável dos homens, de ver o efeito que provocava neles, desde o momento em que lhes dirigia uma atenção especial.

Ela preferia a companhia dos homens, mas isso não a impedia de ter amigas. Elas eram indulgentes com seu comportamento. Quanto aos homens, eles percebiam com um rápido olhar que ela não causaria problemas. Muitos de seus casos amorosos eram com homens casados; e esses homens eram premeditados. Podiam dizer qualquer coisa a Sophie, mas jamais largariam as mulheres por ela, mesmo a mais desagradável e insípida. Não era assim que funcionava. Sophie sabia disso. E com um homem casado qualquer ideia de permanência poderia ser sempre adiada, por semanas, meses, por tempo indefinido. No entanto, agora faltava algo. Aos 43 anos Sophie sentia desconforto, incerteza na forma de um vazio indeterminado. Uma coisa mínima poderia desequilibrá-la, não muito, mas o suficiente para que ficasse melancólica. Erica constatou isso em seus braços dobrados.

Um problema recorrente em Sophie era seu pai (embora *ele* não visse nenhum problema). Para Sophie ele estava à sua frente, acima e ao lado dela. A forma sólida do pai. Sua mera presença a perturbava. Algo que dizia. Ou quando não dizia nada. Lá vinha o pai mais uma vez com suas artimanhas. Ela iria chamar Erica agora para conversar. Precisava conversar com alguém. Erica estava sempre à disposição. E parecia compreensiva. Algumas vezes, fazia um pergunta. Sophie não respondia e continuava: "E você sabe, eu acho que ele é totalmente passível de ser esquecido?" Depois havia a madrasta. Sophie não suportava ficar na mesma sala que essa mulher; e esse fato não preocupava o pai. "Bem, sinto muito, mas eu acho isso desconcertante e nocivo", dizia Sophie a Erica.

Perloff, Harold G. – de onde ele vinha? De um ponto com uma guinada de 180 graus remontava numa linha tênue a uma cidade em um desses países imbricados do Leste europeu sem acesso ao mar, onde escurecia às quatro horas da tarde. Isso talvez explicasse sua misteriosa hesitação, existia uma história qualquer. Países confinados produzem homens coxos e com membros mutilados. Aliada a certa superioridade irônica, essa hesitação fazia com que Harold Perloff se sentasse de uma maneira especial na cadeira, com os tornozelos cruzados, bebendo um expresso em xícaras minúsculas com a borda dourada, esticando o dedo mindinho. Sua grande cabeça arredondada e calva, visível por suas verrugas e protuberâncias, balançava para cima e para baixo como as minas flutuantes da Segunda Guerra Mundial que causaram destruições no Mediterrâneo. A gravata borboleta usada nas sextas-feiras parecia uma hélice abaixo da linha da água. Ele era brincalhão, mas também implacável; quando a filha pensava nele, o que era frequente, seus olhos estavam cravados nela.

Em Bankstown, o enorme telhado enferrujado da fábrica de Perloff tornara-se um marco local: com seu orgulho de imigrante ele gostava de brincar que se poderia ver (a ferrugem) a partir de um avião. H. G. Perloff & Co fabricava chapéus resistentes de plástico reforçado para operários, e pequenos capacetes azuis brilhantes, vermelhos ou amarelos para crianças. Como Harold dizia, a qualquer pessoa disposta a escutar, era um negócio correto proteger as cabeças importantes de operários de construção, operários de plataformas de petróleo, mineradores de carvão, entre outros; porém tinha dúvidas quanto à legislação quando meninos e meninas pequenos seguravam seus produtos ao saírem, porque isso diminuía a emoção de brincar no playground ou andar de bicicleta. Uma lei que promovesse a urbanidade, uma lei para a periferia que produziria problemas posteriores, essas eram suas palavras. Ele tinha uma opinião para tudo. No entanto, Harold Perloff percebia a honestidade de realizar algo e de ser retribuído por isso, e produzia milhares de chapéus em tempo reduzido, e os vendia na Ásia, e em lugares como Fiji e Papua Nova Guiné.

– Posso lhe dizer que a menina era tagarela – disse a Erica logo ao conhecê-la. – Agora, está sendo punida, obrigada a ficar sentada o dia inteiro escutando outras pessoas.

Embora tivesse experiência suficiente com bancos para rejeitar uma pessoa bem-educada, ele sentia prazer com os diplomas da filha, com sua vivacidade, com a maneira como se vestia com cores arrojadas. Olhe seu estilo. Ela era uma mulher cara. Ele não se importava com esse fato numa mulher. Mas balançava a cabeça ao pensar que ela passava o dia ouvindo, segundo ele, pessoas lamentando-se; com certeza, não realizava nada com as mãos.

Quando se passavam meses sem que Erica visse a amiga, em geral isso significava que Sophie envolvera-se de novo com alguém. Acenaram uma para a outra em Macleay Street uma manhã, e no dia seguinte Sophie telefonou.

– Não consigo pensar em nenhuma característica irritante nele. Você sabe, logo se começam a arranjar razões e desculpas.

Casado com quatro filhos, ele era um conferencista sobre Ética Médica. Pelo menos uma vez por dia eles se falavam; dessa vez Sophie estava decidida. Chegaram até a passar um fim de semana juntos. Segundo Sophie, ele era calmo e a estabilidade era uma qualidade que ela valorizava cada vez mais. Então, comentou a inteligência dele e suas realizações.

– Lê filosofia o tempo todo. Queria lhe contar isso. Ele se mantém atualizado no assunto. Deve ser essencial para seu tipo de trabalho.

Depois, disse a Erica que ele possuía uma coleção valiosa de saca-rolhas, e usava meias e cuecas compradas sempre na mesma loja em W1, Londres, que tinha uma cerca em miniatura na frente.

Erica nunca o conheceu. Sem grande alarde comportou-se como os outros. Quando inesperadamente numa manhã de domingo Sophie apareceu em sua casa porque queria conversar, logo começou a chorar.

Elas estavam na cozinha.

– O que você precisa – disse Erica cortando uma fatia de limão – é livrar-se disso, tirar de seus pensamentos o que aconteceu. Isso faz sentido?

Fora de seus hábitos, dessa vez Erica falou com firmeza. Ao mesmo tempo, tinha consciência do líquido brilhante comprimido entre seu prédio de tijolos vermelhos e o próximo, e do contêiner horizontal laranja de um navio ao longe.

Ela partiria na terça-feira.

Sophie riu e assoou o nariz.

Nada acontece em minha vida, Erica teve vontade de dizer. Meus movimentos são mínimos e nem sempre são adequados para mim.

E agora, bem distante de Sydney e com os pneus fazendo um zumbido tranquilizante, Sophie levantou-se e começou a cantar, seguida por Erica.

Árias lacrimosas de Verdi e Puccini foram testadas, mas logo mudaram para peças menos árduas como "It's a Long Way to Tipperary" e outras canções conhecidas como "Let it Be" e "Up on the Roof".

Depois Sophie tentou o rádio, porém só se ouvia estática. Como alguém poderia morar aqui? Para Sophie os grandes pastos representavam uma mente vazia de variedades, de vida em si. Exceto em cidades ocasionais elas não viram praticamente nada de duas pernas. Mas as enormes fazendas recuadas cercadas de árvores não eram visíveis da estrada.

Elas estavam sacolejando num caminho de terra avermelhada. Sophie pusera um lenço no nariz.

— Sempre detestei poeira. Vou começar a espirrar em um segundo.

Erica começou a pensar por que aceitara essa tarefa, que requeria uma longa viagem, com o carro desfazendo-se em pedaços, e a cada minuto deixando para trás o que lhe era familiar. Fazia algum tempo que se sentia inquieta. Precisava de alguma mudança. À medida que prosseguiam, os nomes dos lugares tornavam-se mais e mais remotos; Merriwagga, Goolgowi. Qual era a origem deles e o que significavam? Quando viraram em direção ao sul num trecho de asfalto, as duas mulheres começaram a falar de novo, com certa expectativa.

— Você tem alguma ideia de onde estamos?

Erica parou para consultar o mapa escrito à mão.

— Que horas são?

— Essa escrita à mão é dele? Deixe-me ver.

Erica deu partida no carro.

— Ele tem uma irmã. Acho que lhe contei isso.

Ambas olharam os relógios. Eram só quatro horas, mas elas não queriam procurar a fazenda no escuro.

6

E O AR impregnou-se de pelagem dourada quando elas entraram na avenida ladeada de álamos importados (como se todos os empregados tivessem sido convocados e estivessem a postos para dar boas-vindas), e Erica dirigiu devagar para evitar bater em algum animal perdido, como cachorros, carneiros etc.

Depararam-se com um jardim inesperado – a estufa, rosas e ao lado um mastro, maquinaria, locais de tosquia, os reservatórios de ferro corrugado apoiados em estacas de madeira, demonstrando trabalho, autoconfiança, e três galpões angulares em más condições no cascalho, indicando a presença, sem dúvida, de padrões e complexidades a percorrer. A imagem sombreada da casa desdobrava-se diante delas como se tivesse sido embrulhada em papel pardo. Via-se uma grande varanda, uma fileira de janelas e uma porta de tela; uma mulher inclinada sobre dois cachorros que latiam presos em correntes compridas ergueu os olhos.

Sophie virou-se para Erica e perguntou:
– Você disse que eu também vinha?

Assim que Erica saiu do carro a mulher aproximou-se. Desculpou-se pelos cachorros, "inofensivos, só estão famintos".

– É um prazer recebê-las após essa longa viagem. Nós, isto é, meu irmão e eu, estamos muito gratos.

Depois ficou imóvel, como se tentasse lembrar-se de algo. Erica concluiu que ela não recebia muitas visitas; e imediatamente se preocupou com o fato de estarem bem vestidas demais, duas mulheres elegantes vindas da cidade.

Como as esperava, Lindsay Antill pusera um pouco de batom, o rápido toque escuro inclinava sua boca, o suficiente para Sophie imaginar se de fato queria tê-las ali.

Antes que fizessem qualquer objeção ela pegou as bagagens; atravessaram os galpões, passaram pelos cachorros agora sorridentes, as línguas de fora, e entraram na propriedade dos Antill, uma grande casa com pé-direito alto e muitos quartos. Em qualquer lugar que pisassem, a casa rangia como um navio.

Distante do corredor central, os quartos delas tinham uma lareira e uma pequena escrivaninha embaixo da janela, que se estendia até o chão.

– Meu irmão virá mais tarde.

Erica sentou-se na beirada da cama. Tirou o relógio e deitou-se com um suspiro. Trechos da estrada que haviam percorrido surgiram em sua mente, assim como os lábios petulantes do advogado de Sydney e o homem extenuado a cavalo. Rapidamente, pensou em sua admiração pictórica por cavalos. Como sempre, o rosto de sua mãe era indistinto. Sophie seria a pessoa certa para essa viagem? Teria sido melhor ou mais fácil ter viajado sozinha? Erica pensou se trouxera as roupas corretas. Logo o irmão apareceria. A primeira coisa que faria de manhã seria sentar-se e começar seu trabalho. Era um privilégio ter acesso à mente de outra pessoa, do trabalho de uma vida inteira. Ela estava curiosa para saber o que ele pensara, o que descobrira. Desde já respeitava seu esforço. Deve ter sido difícil suportar tantas páginas, os muitos anos, o isolamento, o calor e, talvez, o silêncio.

7

A SALA DE JANTAR tinha uma bela mesa de estilo inglês, candelabros de prata e talheres de prata pesada postos para quatro pessoas. Sob a mesa havia um tapete persa com um desenho suavemente desbotado, como se estivesse coberto de poeira. Mas o resto do piso de ébano-da-austrália escuro não tinha tapetes. Era uma sala comprida. De um lado era decorada com um papel de parede de listras marrons, e quase não se viam as listras cobertas por fotografias oficiais de Randwick, Warwick Farm, Flemington, Caulfield, Eagle Farm, subúrbios australianos com dotações orçamentárias voltadas a objetivos mais concentrados. Para olhos destreinados os cavalos pareciam os mesmos; seus nomes estavam escritos na parte inferior, embaixo do que guiava a última fileira. O restante da sala era vazio, exceto por uma espingarda encostada num canto.

Essa atmosfera masculina foi quebrada pela chegada de Lindsey com um vestido de veludo escuro e brincos.

Isso surpreendeu Sophie.

– É claro que não pensei em trazer nada para vestir. – Virou-se para Erica. – Tudo que trouxe é o que estou vestindo. Em outras palavras, *nada*.

Lindsey Antill deu um amplo sorriso e permaneceu espaçosa.

– Nosso pai e seus parentes por afinidade usavam terno e gravata todas as noites para jantar. Isso não era incomum nas antigas propriedades rurais. Nosso pai levava esse costume a extremos. Mesmo em meados do verão ele jamais sonhava em sentar-se sem estar de paletó e gravata.

À menção do pai, Sophie apressou-se a colaborar. Afinal, sua situação era também tão exasperadora que precisava ser descrita.

– Oh, isso é interessante. Conte-me mais. Você conseguia conversar com ele, quero dizer, com facilidade? Você tinha intimidade com seu pai? Percebi que em suas mentes limitadas os pais presumem que são íntimos o bastante, ao passo que nós, as pobres filhas confusas e mal compreendidas, não pensamos o mesmo. Você não concorda? Sei por minha experiência com meu pai que ainda é vivo, bata na madeira, ele é impenetrável. Eu o compreendo? Sou apenas sua filha. Ele me mantém a distância, em todos os sentidos, o que me dá vontade de gritar. Uma intimidade normal é algo que ele desconhece. Ele parece um pedaço de granito.

Mas então ela sorriu ao lembrar com que facilidade a fazia rir.

Lindsey tinha um rosto retangular, uma caixa de sapatos cor-de-rosa com extremidades gastas, e parecia uma mulher sensível com um senso prático.

– Os pais interessam-se por coisas diferentes das nossas – disse. – A maneira como foi duro com meus irmãos, sobretudo com Wesley. Ele agia assim sem pestanejar.

– Mulheres com pais problemáticos têm dificuldades com homens.

– Você acha que eu tive problemas com meu pai? – disse Lindsey franzindo a testa. – Não creio.

Com uma dessas tiradas, Sophie dava a impressão de que tinha muito conhecimento em uma área específica, pelo menos quando o assunto era o comportamento dos homens.

Quase sem ouvi-las, Erica, de repente, sentiu uma vertigem e por pouco não desmaiou. Embora estivesse sentada, tinha a sensação de que cambalearia ao andar.

Sophie e Lindsey sorriam por causa de alguma coisa que haviam dito.

– Sinto muito – disse Erica levantando-se. – Preciso deitar-me.

Sophie aproximou-se.

– Você parece ter visto um fantasma. – Tocou a testa de Erica, mas nada sentiu de anormal.

Tudo que Erica queria era deitar-se. Ela iria dormir. No campo as pessoas se levantam cedo.

O quarto estava silencioso.

Em momentos cruciais de sua vida, Erica imobilizava-se; isso se tornara um hábito. Se estivesse avançando em direção a um caminho promissor, tal como a linha de um pensamento abstrato, ela poderia, no momento de uma possível decisão, hesitar e ficar imóvel, como um carro esperando o sinal abrir, para ter certeza, por medo de continuar, de alcançar o resultado. Se desse um próximo passo, isso poderia elucidar tudo. No entanto, em vez de dar mais um passo, ela recuava. A história era semelhante em relação às pessoas. No momento em que todos os instintos impeliam e sussurravam, continue, dirija-se a essa pessoa, Erica, apesar de mostrar-se cordial, continha-se, relutante de demonstrar seus verdadeiros sentimentos. Isso significaria abrir-se – a que exatamente? Isso acontecera com diversos homens. Pelo fato de se retrair ela se sentia instável e em alguns dias incompleta.

E agora, dentro de uma casa estranha que a esmagava, onde por muitos anos seu objetivo, Wesley Antill, vivera escondido, um filósofo desconhecido do resto do mundo, esperava-se que ela – e concordara! – pesquisasse seus papéis, seus pensamentos e opinasse sobre eles, isto é, acerca deles sem sua autorização. O que ela imaginara em Sydney ser um privilégio transformara-se em presunção. Não admira que se sentisse mal ao pensar no assunto.

A casa era tão grande que Erica imaginou o que estava fazendo lá. Tinha a sensação de que já adormecera.

Atualmente, para ser um filósofo seria necessário recomeçar, "começar do nada". Voltar à época em que não havia pensamento nem filosofia e a partir desse ponto recomeçar. De outro modo, qual seria o objetivo?

A luz que incidia de uma das janelas polia o assoalho de madeira, iluminava a mancha com o formato da Tasmânia no papel de parede e concentrava um triângulo de magnésio no travesseiro de Erica, dividindo seu rosto perturbado. Ao mesmo tempo, uma revoada de grandes pássaros que lhe haviam dito serem cacatuas brancas aumentava o barulho externo.

Quando abriu de novo os olhos Lindsey segurava uma xícara de chá e uma torrada amanteigada.

– Não pensei em nenhum momento que tivesse de levantar-se. Você não está com uma pressa enlouquecida, não é?

— Eu não sei o que me aconteceu. – Levantar um braço foi um esforço. – Que horas são? – E Erica ficou imediatamente preocupada que sua voz soasse frágil, ou não frágil o suficiente.

Quanto a Lindsey, a infância sob o sol, o bombeamento de água nos tanques e as caminhadas nos pastos haviam lhe conferido uma voz formada ao ar livre, firme, clara e possante, e para Erica não foi uma surpresa saber mais tarde que certa vez tivera vagas ambições de seguir o canto lírico, quando Melba encerrou a carreira. Repousando nos travesseiros Erica examinou um dos olhos de Lindsey, depois procurou em seu rosto traços, caso houvesse, de sofrimento, bondade, inteligência, desapontamento, serenidade. Ela não sabia nada a respeito dessa mulher que se inclinava em sua direção, cujo rosto era retangular e os cabelos pareciam ter sido cortados com tesouras de cozinha.

— Este é o quarto de Wesley. Você está em sua cama.

À medida que Lindsey continuava a falar, Erica notou a tira de borracha castanho-amarelado que amarrava seus cabelos, um sinal simples de modéstia. Ao mesmo tempo, preocupou-se com o fato de que se desinteressava logo pela maioria das pessoas que conhecia.

— Na próxima porta ficava seu piano. Ainda está lá, coberto por uma manta. Ele se sentava e tocava por horas a fio. Música de cabaré reles, esse tipo de coisa. – Lindsey jogou os cabelos para trás. – O som não era ruim, pelo menos não havia estática, como acontece aqui quando se liga o rádio. Ele dizia que o piano acalmava seus pensamentos, o equilibrava. Quando chegava aqui exausto do trabalho, ele se reanimava alguns minutos tocando. Wesley era o único de nós que sabia tocar um instrumento. Basicamente, era um homem da cidade, dos altos prédios. Demorei algum tempo para perceber isso. Ele gostava das luzes brilhantes. Não tinha entusiasmo pela agricultura. Não tinha o menor interesse, não como o nosso.

Se pelo menos Erica não estivesse sentindo-se tão fraca. Em vez de fazer perguntas de caráter filosófico, ouvia fragmentos ligeiros de informações sobre a personalidade de Wesley Antill. Empoleirada no final da cama, a irmã dele que agora estava ocupada olhando pela janela ainda não dissera onde ele trabalhava.

– Ficamos surpresos quando ele voltou para morar aqui, pelo modo como começou a decorar o quarto com cadeiras elegantes, sofás, algumas estátuas, cortinas de seda e outras coisas que custaram uma fortuna. Ele tinha uma concepção do ambiente perfeito. Qualquer coisa que o ajudasse no trabalho que escolhera. Não sei como extraía sentido dos problemas que tentava solucionar. Muito distante de minha mente. – Lindsey esfregou o olho. – Logo se desfez de tudo, das almofadas, de todo o conjunto de coisas, e ficou só com uma mesa de jogar cartas, uma cadeira de cozinha, sem nenhum livro, e nada nas paredes. Eu chamava seu quarto de "quarto do piano". Ele o chamava de seu "quarto simples".

"Certa vez uma mulher veio hospedar-se com ele. Ela era de Sydney. Não tenho opinião formada sobre ela. Era bonita e sabia disso. Talvez fosse por isso. Foi embora uma semana depois."

Ao ouvir Lindsey falar do irmão invisível, Erica sentiu sua energia retornar e começou a assentir com a cabeça diante dos detalhes a seu respeito, embora se contivesse na expectativa do que a esperava, o trabalho de sua vida.

Decidiu levantar-se mais tarde de manhã.

Sophie chamou-a de seu quarto. Sentada nua numa pequena cadeira ela removia o esmalte da unha; seu corpo exageradamente macio e branco dominava a cadeira. Isso fez com que Erica pensasse como seu corpo era pequeno. "O que é uma comparação?" fora o tema de um dos seus primeiros artigos (considere primeiro algo em sua essência; bem-aceito).

– Como está se sentindo? – Sem erguer os olhos Sophie continuou: – Não tenho certeza de que estou gostando de ficar na casa de outra pessoa. O que fazer com esta mulher? Estou falando de Lindsey. Ela cultiva uma espécie de privacidade, que presumo que seja para nos estimular a lhe dar atenção. Você sabe o que quero dizer? Não sei o que pensa de nós duas. O que você acha?

Quando acabou de cuidar das unhas sorriu para Erica.

Sophie sempre queria entender outra pessoa, qualquer pessoa que conhecesse. Não havia nada de que gostasse mais do que sondar o comportamento de alguém. Ela investia com energia nesse objetivo. Era competente nesse trabalho. Incapaz de parar, primeiro tentava descobrir a fonte do comportamento e, ao fazer isso, conseguia por alguns momentos pôr seu ego de lado; pelo menos parecia ser esse o caminho para ela.

– Adivinhe só... O irmão não apareceu. Você acha que ele fugiu de nós e está escondido atrás de uma árvore?

Erica sorriu. Se existisse alguém que deveria fugir era ela. Através da janela viu um enorme eucalipto cinza-claro rodeado por um aglomerado mais escuro de pinheiros, olmos, cedros. Revelava uma solidão, é isto ou nada. A simples força da árvore: de pé sem uma mensagem explícita, à parte. Por um instante, antes de desviar o olhar, Erica percebeu como era determinada só em pequenas coisas sem importância.

Sophie tinha uma opinião depreciativa da natureza. "Basicamente, é apenas visual", dizia. "Por acaso está lá, nada mais que isso."

8

VIAJANTES E estranhos de todas as partes da Austrália, sobretudo de locais distantes da costa, são maravilhosamente bem recebidos. O país tem seus defeitos, como qualquer outro, mas a falta de hospitalidade não é um deles. Só quando a hospitalidade assume uma informalidade excessiva, quando uma nação inteira desdobra-se em sorrisos prematuros, exagerados e em conversas triviais, que revelam uma ausência de fundamentos filosóficos, essa hospitalidade parece apenas uma frivolidade inconveniente.

Quanto mais isolado e inóspito for o local, mais autêntica é a hospitalidade. Em sua hipocrisia os viajantes sentem-se em casa. As pessoas que vivem em lugares áridos são conhecidas por compartilhar com estranhos seu último punhado de tâmaras e a borra de café usado, quase sempre sem dizer uma palavra. Existe uma cortesia sem ingenuidade. O mundo é inóspito; a terra fria. Ajude alguém que encontrar em sua superfície. O instinto é básico. Atualmente, pode ser tão insignificante como trocar o pneu furado do carro de uma pessoa na beira da estrada. Em uma fazenda ou um vilarejo pobre na Espanha ou em outro lugar é comum dar um pedaço de pão e de queijo embrulhados num pano a um viajante, para que prossiga a viagem. É uma hospitalidade sisuda. Outros lugares são conhecidos por compartilhar suas mulheres com os viajantes.

À primeira vista pode-se pensar que uma pessoa analisada compreenderia a hospitalidade e seria hospitaleira, ao passo que uma pessoa filosófica iria distanciar-se a ponto de rejeitá-la. Mas é justamente o contrário. A pessoa analisada afofa os travesseiros e os deixa como estão. Oferecer hospitalidade a outra pessoa subdivide aspectos do seu ego difícil, oculto. E quaisquer sugestões de oferecer comida como uma forma de linguagem são rejeitadas, porque reduziriam a quantidade de linguagem disponível para descrever seu estado mental.

Porém, dificilmente seria possível dizer que os filósofos esbanjam generosidade com estranhos. Quase todos exercem em suas vidas cotidianas um distanciamento, um comportamento beirando a abstração. Etc. etc. Oh, sim.

9

EM VEZ DE aprender a requintada arte de fabricar lãs uniformes e de boa qualidade, Wesley decidiu fazer algo inteiramente diferente, como estudar ciência ou línguas em uma universidade. Seu pai tinha outras ideias. Um empurrão, que às vezes é necessário entre pai e filho, resultou num choque violento, e Wesley viu o pai, ainda lendo o ato de rebelião, tropeçar e cair de joelhos, levantando uma nuvem de poeira. Uma briga nos degraus da varanda, com Lindsey vestida com uma saia curta observando. Isso aconteceu no início de 1978.

Às dez horas, um Wesley não tão jovem embarcou no trem para Sydney, onde se alojou no apartamento da mãe em Astor. Logo percebeu que não poderia ficar lá. Havia uma umidade empoeirada, espelhos em toda parte, o banheiro com jarras brancas, garrafas em formato de coração, pinças e lápis, sabonetes em miniatura do Sul da França, miudezas, uma miscelânea de coisas, o suporte bordado para sapatos. E sua mãe, uma dócil bebedora de chá, com dedos longos, uma mulher de bom gosto, querendo hospedá-lo, mas na verdade, por não mais de uma semana até que achasse outro lugar.

O primeiro apartamento que viu era bem razoável. Típico dos prédios em torno de King Cross, tinha um ferrolho cromado reluzente decorando as portas de vidro, e um carpete marrom com motivos florais que escureciam o vestíbulo e continuavam até o elevador. Era estranho viver num prédio alto onde tantas pessoas moravam – todos esses seres vizinhos que usavam a mesma água, tubulação de gás e rede elétrica. O apartamento de Wesley ficava no quarto andar em frente à Macleay Street. Um homem magro com sobrancelhas pretas desgrenhadas, que lhe davam a aparência de um solteirão desleixado, alegava ser o morador mais antigo, e ocupava-se dos novos inquilinos, para ajudá-los a se "aclimatarem", como dizia. Era conhecido como

Joseph. Sem possibilidade de abreviação. Percorreu o prédio com Wesley, mostrou as caixas de fusíveis e o local das latas de lixo; durante o caminho mostrava coisas que lhe lembravam alguns inquilinos e o comportamento exasperador deles, e continuou a lamentar-se, meneando a cabeça e assim por diante, ao levar Wesley até o telhado para lhe mostrar o varal de roupas, levantando a voz quando quase pisou numa moça de biquíni deitada numa toalha.

As pessoas entravam e saíam do prédio a qualquer hora, e olhando pela janela Wesley via figuras movendo-se em Macleay Street, parando de vez em quando para conversar. De onde viera, do campo, não havia movimento depois que escurecia, nada. Às oito e quinze todos estavam dormindo, roncando alto. Na cidade, as pessoas não dormiam; e falavam mais. Sempre alguém, ou algum lugar. Grande parte da conversa girava em torno de pequenas amabilidades, embora um homem pudesse ser visto discutindo na calçada tentando convencer outra pessoa a seguir sua linha de pensamento.

Quanto à sua loquacidade, os pastos intermináveis e o ranger dos telhados de latão deixaram o resquício de uma maneira de falar e sorrir entre os dentes. Sugeria uma espécie de reserva melancólica, mas logo ele começou a fazer o cumprimento usual e dar "Bom-dia!" às pessoas do prédio. Uma loura com cabelos cor de palha na faixa dos cinquenta anos ou mais passava batom no elevador. Ela sempre lhe perguntava as horas, porém não parecia interessada na resposta. Na maioria das manhãs ele comia ovos com bacon num café ao lado do barbeiro siciliano. Ficava num dos lados da rua que formava um asterisco deformado, King Cross. Ele comprava cigarros num lugar que vendia cinzeiros automáticos complicados e os genuínos charutos Corona cubanos. Ele tinha vinte e dois anos. É claro, gostava de fumar e fazer um estilo pensativo. Ao longo das ruas havia espaços repletos de vários tipos de negócios, onde figuras inclinavam-se sobre agulhas e linhas, enquanto outras ao lado esforçavam-se para ressuscitar sapatos, sandálias e botas de cano curto, de couro curtido e amassado, que reproduziam uma atmosfera artesanal, não muito diferente da Idade Média – um homem ainda prendia tachas entre os lábios, enquanto cortava couro ou martelava. Em Darlinghurst Road viam-se pessoas com a expressão cansada enquanto cortavam pizzas em triângulos gordurosos que transbordavam dos pratos, dia e noite, como os relógios de Dali. Lojas de garrafas, cambistas, o otimismo fluorescente dos jornaleiros que vendiam a noite inteira. Espeluncas de show de *striptease*, "locais noturnos", como anunciavam, tinham uma porta aberta em frente a uma escada que ia a lugar nenhum, para a escuridão e as batidas da música repetitiva, e um homem ou dois com um discurso persuasivo na calçada apontando a escada. Para passar o tempo ou ser educado eles ouviam indiferentes as prostitutas falando mal das outras moças. Uma *stripteaser* com um casaco curto e um aspecto friorento e esfomeado andava pela calçada esperando seu próximo cliente. Do lado oposto da fonte, um açougueiro vendia cortes de carne e salsichas australianas comuns, sem prestar atenção às mudanças demográficas; Wesley observou a maneira como esse homem desengonçado e atrevido sentava-se para almoçar, comendo duas costeletas de carneiro recém-fritas com fígado, sem legumes. Casas de penhor espalhavam-se pelos cruzamentos, diversificadas em toda sua desordem, não mais surpreendentes que os bancos vizinhos, aprovando um cliente com um ar resignado, pelo menos estruturalmente.

 As pessoas na rua achavam que Wesley era um caipira, não só por suas orelhas vermelhas, seus pés de galinha precoces e as botas de couro curtido – o único item que faltava era o chapéu –, mas também pelo olhar arregalado de alguém que nunca vira de perto homens e mulheres furtivos, nervosos, porém tipos banais, exibindo-se para ganhar um tostão, e o desgaste revelado nos olhos, na boca, na pele e nos impulsos de compaixão em geral. Na primeira semana roubaram sua carteira. Mas antes vira um homem em Bayswater Road olhar para uma nota de vinte dólares na calçada e continuar a andar. Dificilmente se inclinaria ou pararia por qualquer motivo.

À noite, ele era um enorme peixe vagaroso, de olhos esbugalhados, vagueando pelos canais, mudando sua maneira de pensar, voltando atrás, apreendendo e digerindo os inúmeros movimentos entre as pessoas e entre si mesmas, suas expressões e tentações. Na verdade, o mundo voltara seus detalhes em sua direção; cada pequena coisa parecia estar à espera de sua inspeção a uma luz mais brilhante e clara. Na extremidade do prédio, um olho maior que o outro, os pombos não demonstravam medo diante da mulher gorda. Ele se sentia como se estivesse agachado examinando qualquer particularidade de pouca importância ou comum. Todas as manhãs as ruas eram molhadas e nas sarjetas escorriam bilhetes de ônibus, folhas secas, fósforos e palitos usados, guimbas de cigarro, dinheiro rasgado, acessórios de unhas e cabelo, as coisas mais variadas jogadas fora. E ao ver todos os dias algo novo na rua, sentia que adquiria experiência, ou pelo menos complexidade, mesmo que fosse só pela observação.

Para ter seu menino ao alcance, sua mãe instalou um telefone no apartamento. E ficou mais ou menos estabelecido que as noites de quinta-feira seriam dedicadas a ela, sua mãe. Se outras pessoas fossem convidadas, ela lhe telefonava pedindo que usasse gravata; caso contrário preparava uma massa ou servia comida tailandesa em bandejas. Uma filha seria melhor, mas a sra. Antill e Lindsey não se davam bem.

No início da conversa ela perguntou:
– O que você fez ontem à noite?
– Fui a um prostíbulo em Darlinghurst Road.
– Ah, que ótimo. Como ela era?
– Loura.
– Suponho que tinha um corpo bonito.
– Acho que tudo que ela queria é que eu a fizesse rir.

Quanto ao que a mãe fazia durante o dia na cidade entre seus congestionamentos verticais e horizontais, ele só podia especular. Segundo suas amigas, ela era fantástica, extremamente ativa e, novidade para ele, uma jogadora exímia de bridge.

Sempre que seu pai vinha à cidade hospedava-se no Australia Club. Ficava a alguns minutos de Astor, na mesma rua. Depois que terminava seus negócios ou assistia a corridas de cavalos, Cliff Antill voltava para a fazenda sem procurar a mulher. E depois de quase um ano Wesley e o pai por fim se falaram na sala de jantar do clube, onde os quadros a óleo eram agradáveis e a especialidade do almoço era empadão de carne e rim.

Como não havia motivo para retomar a discussão e Wesley não se interessava por cavalos, o pai olhava para um ponto distante, como se estivesse em um de seus pastos, e conversava sobre sua coleção de selos. Existiam colecionadores e filatelistas, explicava o pai, que tinham dedos gordos e maltratados pelo clima. E havia uma diferença. Ele era um filatelista. Observe minha coleção quase completa: entre seus tesouros, o primeiro canguru azul, de 1912. Tudo que um homem precisa é de uma ocupação, de preferência que envolva classificação. Mais tarde, quando Wesley voltava para casa no trajeto de Woolloomooloo, sempre pensava como a filatelia era um prazer solitário centrado, surpreendentemente, não em espécimes ligados em séries, e sim na expectativa dos que *faltavam*. Era um prazer estranho. Lembrava-se do pai sentado no escritório na fazenda – podia passar semanas sem dizer uma palavra – identificando de sua cadeira giratória a lacuna no padrão de sua vida. Sua mulher como um raro selo postal! Uma figura com um delineamento teatral que tinha de ser manuseada com pinças; no momento inatingível, fora do alcance.

– Você já se adaptou a esse novo ambiente? – perguntava o pai ao entrar no táxi, sem se virar.

– Mais ou menos – respondia no início.

Em um desses jantares nas quintas-feiras, Wesley sentou-se ao lado de Virginia Kentridge, uma amiga da mãe. Em vez de conversar com ela, remexeu o garfo e a faca, pensou no galpão da fazenda com o chão duro e sujo, na bancada do armário de metal cinza com suas gavetas em níveis diferentes, com parafusos e pregos de vários tamanhos; ele sempre queria retirá-los e examiná-los, mesmo se não precisasse de nada. Sob a bancada havia garrafas velhas, lâminas de folhas de flandres, pedaços de madeira.

– Por que está sorrindo? – perguntou a mulher à sua esquerda com um vestido preto. – Está pensando em alguma jovem?

Uma mulher pequena e bronzeada, Virginia Kentridge tinha um pescoço fino com tendões proeminentes estendendo-se por seus ombros como as raízes de uma figueira, o suficiente para ressaltar sua credibilidade, que, uma vez ativada, o que acontecia com frequência, davam uma força neurótica a quaisquer ideias que pudesse ter. E esse pescoço – esses tendões – também sugeriam uma aventura emocional, logo abaixo da superfície.

A mãe de Wesley lhe contara sua história.

Sensibilizado, ele dissera:

– Seu marido não deveria ser muito velho.

O que acontecera? (Por que pensar, ou mesmo perguntar? Por que ele estava falando?)

– Ele estava com sua reles namorada – disse a sra. Kentridge com um sorriso. – Era um dia claro, uma estrada reta e ele estava dirigindo. O resto deixo à sua imaginação.

– Ela também morreu?

A viúva encolheu os ombros. À luz do dia e a qualquer momento acontecia sempre uma batida de frente, sobretudo na estrada para Cooma. Havia árvores bastante sólidas na Austrália. Muito melhor inclinar-se para frente, como ela fez, deixando entrever a maciez de seus seios à mostra.

Passou a noite seguinte em sua casa. Fotografias do marido em porta-retratos de prata ainda estavam nas prateleiras, um homem com um olhar franco diante da câmera, sem nada a esconder. O cabelo espesso, o físico vigoroso, uma erupção prateada sobre seus dentes como o rompimento de um cano de água. Mas ao olhar direto para a câmera ele a encarava.

Até encontrar Virginia Kentridge, Wesley só tivera experiências com mulheres em cidades vizinhas, em assentos escorregadios de carros quase artesanais, feitos em casa, um patinador desajeitado no gelo verde-claro. Mas essa mulher cheia de energia que exercitava seus tendões em muitas partes do corpo era só alguns anos mais jovem que sua mãe. Logo após essa noite em sua cama, ela passou a atribuir uma importância excessiva e incessante aos sentimentos dele por ela, e ficou diferente, tornando-se especial para ele. A mudança foi tão peculiar, que ele pensou se seria verdadeira. Porém, não sabia que a ansiedade dela aproximava-se de uma felicidade momentânea.

A sra. Kentridge era incompreensível. Queixava-se de que ele não conversava com ela, mas quando o fazia, desviava o olhar e ficava irrequieta, algumas vezes levantava-se e colocava algo numa posição ligeiramente diferente, como se não estivesse interessada no assunto.

Ela gostava de levá-lo para fazer compras. Caixas de camisas, gravatas de lã, meias de losango e um casaco marrom espinha-de-peixe davam forma à ideia que tinha sobre ele. Faziam com que parecesse mais seguro de si do que de fato era.

Agora, não parecia mais um caipira, o que era um progresso, porém isso atraiu a atenção de sua mãe cosmopolita, aguçou seu olhar, experiente em isolar uma situação. E quando a feliz e audaciosa sra. Virginia Kentridge insistiu que fossem ouvir um pianista russo que dava um único recital na Opera House numa quinta-feira à noite, Wesley concordou e não foi à casa da mãe nem lhe disse nada.

Na manhã seguinte ela lhe telefonou cedo.

– O que você anda fazendo? Sentei-me aqui e cheguei a uma conclusão. Pobre coitada, é tudo que posso dizer. Não sabemos o que se passa com Virginia. Por que se comporta dessa maneira? Uma viúva recente. Ela é um problema. Ouça sua mãe. Você está escutando? Eu conheço mulheres como ela. Você precisa tomar cuidado. O clube de bridge em Double Bay e o grupo de tênis estão cheios delas, e não só de viúvas e divorciadas, mas também de mulheres bronzeadas, magras, com grandes olhos e impetuosas. Encontre alguém mais jovem. Elas estão circulando por aí. Eu vi moças encantadoras na rua ontem.

Pelo modo como falou rápido, como para si mesma, sua mãe não pareceu de forma alguma uma mãe; para sua surpresa ele notou que ela preservara seu lado mais jovem intacto.

Depois disse:
– Tenho de desligar. Vou sair.

Ele fez também viagens em balsas, branco-amareladas e verdes que pareciam armários de cozinha da década de 1950, ônibus e trens para Parramata mais de uma vez, parando em intervalos regulares no North Shore até Palm Beach. Ele preferia os ônibus onde podia olhar a esmo o tumulto das ruas e das pessoas, e observar os passageiros ao se sentarem perto dele. Ajudava de vez em quando senhoras idosas vestidas com casacos em dias quentes e mulheres atrapalhadas com crianças. Começara a pensar o que estava fazendo em seu proveito.

Em uma noite barulhenta os estudantes da porta ao lado convidaram-no a entrar na origem da música, regular, indistinta, forte e latejante, o riso mais alto, o mais baixo e os gritos. Ele foi arrastado no movimento. Homens e mulheres de sua idade opinavam sobre o que haviam aprendido nesse dia no salão de conferências. Era impossível ficar calado; esperava-se que Wesley concordasse ou não.

Uma moça que ele já vira antes esbarrou nele e foi para a cozinha.

Ela pôs as mãos nos ouvidos.

— Não sei de onde vieram todas essas pessoas. E estou com uma dor de cabeça horrível.

Ele encheu um copo com água e sentou-se do outro lado da mesa.

— Onde você se enquadra? — disse, olhando-o. — Qual é sua história?

— A última vez que a vi foi no telhado. Acho que a vi lá.

— Ele só acha que era eu...

Coxas grossas, Wesley lembrava. Deitada de bruços lendo um livro.

— Era eu mesma. Tudo que conseguia ouvir era o barulho do trânsito e dos pombos. Detesto pombos. Não existe nada de atraente neles. São asquerosos e importunos.

Ela se chamava Rosie Steig, tinha uma testa grande, queixo fino, olhos severos, cabelos pretos desalinhados que lhe caíam nos ombros. Estudava Nórdico Antigo e psicologia, entre outras matérias. Wesley lhe contou de onde vinha. Como ela lhe perguntou, ele descreveu a irmã. Mesmo com dor de cabeça ela ouviu com atenção. Mencionou a mãe e o pai com indiferença. Ao descrever seus interesses, impressões e movimentos, percebeu que não faziam sentido e que soaram quase deploráveis quando disse que não sabia o que poderia fazer mais.

A cozinha se encheu de gente. Embora estivessem sentados, ela lhe perguntou em meio ao barulho se poderiam ir ao seu apartamento. Lá, ainda falando sentado no sofá de segunda mão com rosas embaçadas, ele estendeu o braço esquerdo com seus dedos inquietos e um relógio suíço no pulso ao primeiro ponto de atração, seu ombro. Assim que as pontas dos dedos tocaram nela, ele parou. Ela parecia estar esperando que a tocasse, mas nunca se sabe.

Mais tarde, deitado ao seu lado, consciente do prazer do corpo de uma mulher, Wesley Antill decidiu conter-se de novo, isolar-se. Concentrou-se nas pequenas diferenças entre eles, não por fidelidade à lembrança da sra. Kentridge que ainda via, mas para vivenciar a dificuldade, a austeridade da resistência. Isso era um celibato? Estava perto, porém não de fato.

A partir de então, uma naturalidade aparente flutuou entre eles; uma convivência agradável, sem complicações.

Algumas semanas depois da festa ela sugeriu uma tarde que fossem ao telhado. Estava muito "abafado" dentro do apartamento. Conversando na porta do quarto, ela se inclinou para colocar o sutiã do biquíni floral que ele vira no telhado.

Escreveu à irmã: "Minha vizinha do apartamento ao lado parece com você. Estou tentando precisar em quê. (Quando souber lhe aviso.) Tem mais ou menos sua altura. Não torça o nariz! Seu nome é Rosie. Ela me disse que não existe nenhum problema em assistir a palestras na universidade. Tudo que preciso fazer é circular como se fosse um aluno, o que é claro eu sou."

Rosie Steig levou-o a outras festas, onde ele a observava e a seus amigos discutirem política, nomes e ideias que Wesley jamais ouvira. Saía cedo e não se importava de ouvir Rosie chegar ao apartamento ao lado com outro homem. Foi Rosie quem o levou aos portões da Universidade de Sydney e ao salão de conferências. Com Wesley a reboque, ela gostava de chegar tarde e sentar-se na frente, onde começava a escovar os cabelos pretos. Para Wesley as fileiras inclinadas lhe davam a impressão de que entrava num vulcão, ou em algum tipo de escavação, onde, em vez de erupções, uma figura vertical pequena, de pé no microfone, falava de forma racional e tranquila, tentando dar sentido às suas palavras. Foi lá que Wesley ouviu pela primeira vez as principais teorias da psicologia e da psicanálise, que haviam sido transportadas em pacotes de livros de Viena, Zurique e Londres.

Sempre que erguia os olhos, uma das amigas de Rosie lhe acenava com o dedo mindinho.

Nada antes lhe provocara essa expectativa tão intensa. O processo de chegar e escolher a melhor posição para aprender, depois se sentar e esperar a chegada do palestrante, observando e aguardando os diferentes artigos, algumas vezes só uma página de notas, antes que a boca abrisse e pronunciasse as primeiras palavras. Não importava o tema que seria apresentado. Teoria e informação desdobravam-se em um só assunto. Isso se parecia à maneira como a sra. Kentridge despia-se por etapas, orgulhosa de lhe revelar sua nudez, mas que ficava furiosa quando ele lhe dizia isso.

Assistiu ao maior número possível de palestras. E assim adquiriu um amplo conhecimento das histórias de lugares importantes do mundo; na verdade, uma história de congestionamentos. Até mesmo um pouco da Austrália era abordado; ele atravessou o lago hispânico; ouviu palestras sobre linguística, as línguas românicas; os gregos, os mitos; teoria política; os romances russos; utopias; diversos temas da antropologia. Era preciso pesquisar. Ele incorporou tanto conhecimento que quase transbordou o vazio de sua infância e juventude, com densidade, com matéria cinzenta. Até no café da manhã ele tinha um livro sob o nariz. Durante oito meses todas as quintas-feiras de manhã havia uma análise da obra de Shakespeare proferida por um palestrante. Começando pela primeira, cada peça foi examinada em detalhes, até concluir todas as peças. Um show protagonizado por um só homem. Entre os talentos desse conferencista popular havia a aptidão de ler trechos, alterando a voz arrogante de um rei para uma enunciação alta e claramente emocionada de uma mulher, seja mãe, rainha, bruxa ou uma filha leal.

Após o primeiro ano, Wesley concentrou-se em temas pelos quais se interessava, excluindo, por exemplo, ficção colonial e pós-colonial, a apresentação de slides sobre a história da pintura e arquitetura europeias, Direito e Nórdico Antigo e, depois de alguma hesitação, voltou-se para a filosofia, um assunto que evitara, quando ele atraiu a atenção de um palestrante.

10

ERA UM enigma para Lindsey o fato de as duas mulheres não demonstrarem interesse em passear pela propriedade. Os visitantes da cidade, por exemplo, não resistiam à vontade de olhar o interior do galpão de tosquia. O impulso comum é de associar uma composição desconhecida a uma familiar; por isso, algumas pessoas olham de soslaio as nuvens e localizam as obras dispersas de Beethoven ou Karl Marx, e até mesmo as realizações da rainha Vitória. O trecho entre a propriedade e os galpões parecia uma praça num vilarejo empoeirado e remoto do Sul da Itália. Os cachorros lá se coçam. Mas essas mulheres contentavam-se em sentar o dia inteiro na cozinha, beliscando biscoitos. A mais inteligente, que supostamente conhecia tudo sobre filosofia, remexia uma colher. Ela não saíra de casa e não era muito loquaz. Seu pensamento concentrava-se em outro lugar. Lindsey notou de novo seu lado prático atraente; e, por essa razão, embora fosse quase uma desconhecida, pensou que poderiam gostar uma da outra.

Enquanto isso, os movimentos irritantes dos braços e das mãos de sua amiga, Sophie, enchiam a cozinha, ao contar por que fizera essa viagem, pois falar sobre isso significava falar para si mesma. Fora um pesadelo telefônico cancelando seus compromissos. Há algum tempo recusava novos pacientes, como ela os chamava. As pessoas, disse, estavam desesperadas para conversar. Elas falavam com qualquer um disposto a ouvir. Podemos vê-las na televisão. Era uma questão de se impor. Queriam falar delas mesmas. Por ser uma ouvinte qualificada esforço-me ao máximo para guiá-las, Sophie lhes disse. Descobrimos pistas. Invariavelmente, o que era dito fora falado por outros antes, com ligeiras diferenças. Sem dúvida, vivemos uma época de ansiedade. Existem muitas pressões hoje.

– Como você sabe, Erica vinha trabalhar aqui. Desconhecia isso quando a procurei. Uma das qualidades de Erica é sua discrição. Eu não tinha a menor ideia de que viria para cá. Eu estava em crise. Este homem, não vou lhe dizer quem é, porque pode ser seu amigo, significava muitíssimo para mim. Quero dizer, nos sentíamos bem juntos. Ele me fazia rir, a mim, imagine, entre tantas pessoas. Sentia-me feliz. Acredite em mim, muitos homens são insípidos. São todos egoístas, sei disso.

Virou-se para Erica.

– Há quanto tempo eu a conheço? Você já me viu com alguém apropriado para mim, ou que tivesse ignorado minhas características menos atraentes?

"Ou seja, essa situação ideal desmoronou. Entrei num turbilhão de choque. Eu não estava preparada. Não sabia o que fazer, o que pensar."

Erica manifestou-se.

– Ele era casado. – Ela também quis dizer que nunca encontrara esse homem.

– Claro, mas não era uma situação insuperável. Não entendi por que decidiu romper comigo. Talvez tenha sido alguma coisa que disse ou fiz. Tento pensar. Não havia indícios. Você sabe que ele me mandou uma carta?

"Sou uma mulher desprezada. Ao vir para cá pensei que havia tomado uma decisão correta. Precisava direcionar meu pensamento para outro lugar."

Como já tinha ouvido essa conversa no carro, Erica desviou o olhar para o fogão industrial esmaltado em amarelo-claro. Panelas, frigideiras e chaleiras espalhavam-se em cima dele.

– Sinto muito – disse Lindsey.

E era um sentimento genuíno. Uma expressão perplexa contorceu o rosto de Sophie quando as duas mulheres a olharam. Quem sabe Lindsey poderia tocar em seu ombro? Um contato humano caloroso, um gesto de ajuda; isso às vezes faz diferença.

Para recuperar o autocontrole, Sophie ergueu os olhos e perguntou a Lindsey sobre seus dois irmãos.

Lindsey inclinou-se para servir o chá e pensou o que poderia dizer que as interessasse.

– Eram meus irmãos, sim. E não poderiam ser mais diferentes. Um dia eu preferia Wesley, no dia seguinte, Roger. Os dois tinham opiniões opostas a respeito de qualquer assunto sob o sol, embora nunca tenham brigado. Acho que Wesley não gostava de ser contrariado, e Roger, que estará aqui em um minuto, tem um lado prático. Isso o ajuda. Eu suponho que seu enorme bom senso é o resultado de viver no campo. Wesley sempre foi mais difícil.

– E? – perguntou Sophie, instigando-a. – Continue.

– E o quê?

– Você falou que Wesley era mais difícil. Quer dizer taciturno, habitualmente retraído?

A mesa refletia-se como uma esfera no brilho marrom do bule de chá, com colheres e um garfo presos sob a curva. Lindsey tentou pensar em alguém como o irmão, sobretudo quando voltou após anos afastado, e em suas diferenças naquele tempo. Wesley tinha uma personalidade difícil porque sempre fora excêntrico.

– Constantemente falava de fotografia. Ele não a suportava. Bastava a visão de uma pessoa segurando uma câmera para ele cobrir o rosto ou inclinar-se para dar um nó no cadarço do sapato. Algumas semanas após seu retorno ele foi à cidade e o fotografaram por acaso na rua principal, e a foto foi publicada no jornal local, apenas a parte detrás da cabeça, porém reconhecível. Foi de fato acidental. Ele ficou furioso. A ideia de ser fotografado fazia Wesley sentir-se doente. Suas próprias palavras. Sei que pensarão que esse tipo de comportamento era presunçoso. Como entender nossos inúmeros pontos fracos? Essas ideias, seu ódio pela fotografia, eram elementos necessários para seu trabalho. Não me peça para explicar. Faz total sentido para mim. E Roger concordaria.

– Uma fotografia pode ser algo tão ruim? – perguntou Sophie aborrecida. Em seu apartamento ela tinha pelo menos umas doze fotos de si própria, em diversas épocas, arrumadas em aparadores e em pequenas mesas.

Lindsey virou-se para Erica.

– Uma fotografia excita a curiosidade porque não é verdadeira o suficiente; é uma imagem química extraída do original.

Mas Erica disse:

– Tudo que ajuda um trabalho difícil tem sentido. No entanto, tenho de admitir que gostaria de ver uma foto dele. Alguém poderia dizer que eram irmãos?

– Wesley tinha orelhas de abano muito grandes, diferentes das minhas, como podem ver. Ele as chamava de orelhas bizarras. Não gostava nem um pouco delas, até voltar a viver aqui após anos ausente, quando se convenceu de que suas orelhas ofereciam contribuições isoladas, como dizia, à tarefa em que estava envolvido. Um filósofo tem de olhar os elementos componentes de um todo, tal como um fazendeiro ou um padre. Eu penso que ele está certo, você não acha?

– Uma fobia pode começar por uma dificuldade antiga. Minha mãe – lembrou Sophie de repente – tinha orelhas excepcionalmente pequenas e nunca saía sem brincos. Creio que as minhas parecem com as do meu pai.

Erica sentiu-se isolada, em pensamento e quase fisicamente, das duas mulheres. Amanhã, depois do café da manhã, começaria sua avaliação. Abriria a porta, entraria no quarto onde tudo ainda estava em seu lugar. Segundo Lindsey, nem um único pedaço de papel fora tocado. Erica sentaria em sua escrivaninha. Ela tinha um problema a resolver. Com uma expectativa cautelosa, pegaria uma página e começaria a ler as primeiras frases do que ele dissera, o trabalho de sua vida. "Vamos pensar sobre a cor cinza, o que significa pensar numa cor que não seja cinza." Algo nesse estilo. Ou uma nova teoria surpreendente sobre emoções.

– Espero que ele seja atropelado por um caminhão! – disse Sophie. – Ele e seus sapatos e meias inglesas, e sua mulher gorda e idiota em casa. Quero que as piores coisas aconteçam em sua vida, por causa do que me fez. – Fez uma pausa e um sinal com a cabeça. – É claro que não quero isso.

Esse súbito desabafo e a agitação das mãos e dos braços foram considerados normais pelas outras duas mulheres, como se fosse uma ilha tropical com colinas verdejantes arredondadas, sombras e um rio que produzia seu clima, a chuva e vento logo seguidos pela luz oblíqua do sol.

No final da longa alameda havia uma caixa de correio prateada feita de um pedaço de um barril de gasolina e, ao voltarem para casa, elas pareciam três mulheres andando em fila, cada uma com sua visão de otimismo. Uma separava a correspondência, a outra de roupa de linho e saltos altos conversava com a mais baixa com um aspecto mais simples, que olhava para o topo das árvores. O ar estava denso pelo cheiro da grama iluminada pelo sol e, com o calor que circunda a linha férrea, a terra esquentava todos os pedaços do metal que tocava, a cerca de arame, os portões, a chave inglesa em meio à poeira, o ferro corrugado dos galpões.

Lindsey falou algo e virou-se.

Uma caminhonete com a parte de trás plana, onde se balançavam dois pastores-alemães castanho-claros, com as patas esticadas, surgira na estrada e logo se aproximou.

– Eu fui ao enterro.

– Ah sim, então era lá que você estava.

Este era o irmão desaparecido, Roger Antill, vestido com uma camisa amarelo-clara e gravata. Ao ser apresentado às mulheres ele inclinou a cabeça e o chapéu para fora da janela.

– Quem é a filósofa?

Na experiência de Erica os homens recorrem quase sempre a zombarias, que às vezes são divertidas, porém com frequência não são. E isso complicava ainda mais o problema de como falar com outra pessoa, nesse caso um homem. Mas ele tinha uma expressão interessada. Quando pensou que o tivessem interpretado mal, disse:

— Vejo que vocês vão passear. Vou seguir meu caminho.

Sophie podia produzir inúmeras composições de si mesma por meio de mudanças físicas. Agora, ela se inclinava num ângulo exagerado.

— Qual das duas você pensa que é?

Ele as olhou de novo.

— Acho melhor deixar essa decisão para especialistas.

Erica pensou que efeito teria esse rosto marcado pelo clima numa rua de Sydney. Apesar de todas as dificuldades da cidade, ela não vira muitos assim, pelo menos onde morava. E há pouco tempo adotara um novo preceito: um rosto marcado pelas intempéries poderia ser mais interessante do que de fato é. (O cavaleiro monossilábico agachado para trocar o pneu.) A pele ressecada da testa de Roger Antill tinha vincos profundos. Os cabelos eram penteados formando sulcos, como se sua cabeça fosse impregnada, mesmo à luz do luar, da Ideia de um pasto arado.

Então inclinou o chapéu com um dedo.

11

À MEDIDA QUE DESENVOLVIA ideias e opiniões as pessoas ficavam atraídas por ele. Sua individualidade acentuou-se, e cada vez mais se diferenciou das outras pessoas. Por algum tempo interessou-se por tantos assuntos e, por conseguinte, elaborou tantas teorias e dificuldades, algumas delas conflitantes, que foi necessário selecioná-las e testar cada uma delas. Descartou a maioria.

Quase tudo que imaginara não tinha uso prático. Das muitas ideias, quantas poderiam ser postas em "prática"?

Por acaso, um dia Antill assistiu à primeira palestra de Clive Renmark. Haviam dito na sala dos funcionários: "Renmark não tem nada de excepcional." Porém ele tinha uma história rara o suficiente para despertar inveja. Em 1913, num domingo à tarde em Cambridge, em meio às espreguiçadeiras do pátio gramado de um decano da universidade, Ludwig Wittgenstein lhe dera um tapinha na cabeça quando ele era um menino de calças curtas, o que o levou a tornar-se professor em departamentos de filosofia na Inglaterra e nos Estados Unidos e, por fim, na Universidade de Sydney.

Renmark vestia sempre uma camisa com o colarinho aberto, mesmo no inverno, trazendo para o salão de conferências e para os corredores o vigor da boa saúde das longas caminhadas, das charnecas, da bengala resistente. A camisa bem aberta e impecavelmente passada expunha uma visão faminta. O pescoço de Renmark era macilento. Ele tinha mais de sessenta anos. E era faminto – sempre em busca de algo fora do alcance.

Lá estava Renmark diante do atril. A título de introdução... filosofia não era nada mais que uma descrição do impossível. Caso se aproximasse de algo seria da música. Era preciso ser *poroso* para absorvê-la. Portanto, era nobre – um nobre *empreendimento*. Ele falou do "Everest do pensamento, o pináculo". Aproximação é tudo que se poderia esperar. Era um salto em que direção exatamente? "Esqueça a exatidão", disse olhando para Antill. Situe-se mais no reino de ser "preciso em relação à imprecisão". Outras palavras que proferiu foram "mapas" e "mapeamento", "cegueira", "todos os quatro", "a luz bruxuleante de uma vela quase apagando", "tropeçar no escuro". Uma vela comum, disse – nesse ponto Antill sublinhou – estava mais próxima da filosofia que a eletricidade, a "certeza espúria" da lâmpada elétrica. "Que espécie de luz *séria* seria?"

A filosofia era um subproduto do hemisfério Norte. Nada aconteceu aqui. Por quê? Florestas sombrias, o frio, paredes antigas, as sombras da superstição atormentando as vidas obscuras, janelas fechadas, tudo era impelido por palavras que se juntavam em proposições para entrever a luz, uma pequena, uma *luz escura*. "A luz excessiva é fatal para o pensamento filosófico. Mas é necessário ter alguma luz. Deixar o quarto escuro induz a luz vacilante da filosofia. Era o caminho 'para outro lugar'."

Depois, Renmark apresentou os principais filósofos ocidentais descrevendo suas vidas. Suas histórias eram sempre estranhamente interessantes. Ele relatou como faziam para ganhar a vida e chamou atenção para os raros exemplos de filósofos casados. Cabia a um filósofo tornar-se uma pessoa *singular*, disse mais de uma vez. No início, alguns foram soldados, médicos ou professores particulares; guardiões de monastérios; outros continuariam sendo funcionários universitários descontentes ou servidores públicos; mais de um enlouqueceu; suicídios. Em cada palestra ele resumia as realizações de uma pessoa, mencionando que esse homem, sempre um homem, encontrara uma resposta, ou talvez uma possível resposta. Percorrendo os dentes da frente com a língua, meneando a cabeça no atril, Renmark começava a desconstruí-lo, ou a sua filosofia, ao apresentar seu sucessor. Cada filósofo instigava outro.

Os alemães, acrescentou misteriosamente, nem sempre foram culpados.

Entre os rostos à sua frente, Renmark notou Wesley Antill na primeira fila. Enquanto os outros permaneciam mais ou menos imóveis, este movia a cabeça sem cessar do palestrante ao seu caderno de anotações. Ele escrevia as frases mais rápido do que os demais. O fato de ter pelo menos uma pessoa presa a cada uma de suas palavras como um estenógrafo deu prazer a Renmark, e ele diminuiu o ritmo de sua elocução, parando em determinados momentos para assoar o nariz e olhar pensativo o teto, só para observar como Antill rabiscava ainda mais depressa.

Ele nunca perdia uma palestra e sempre se sentava no mesmo assento, na fila da frente, na ala do meio. Renmark percebeu que era o primeiro a levantar-se e sair do salão quando ele terminava a conferência, sem demonstrar interesse em procurá-lo como outros faziam, ou agredir seu ouvido com argumentos estúpidos. Em sua idade a regularidade dos hábitos de Antill era incomum; ele era um conservador. Sem cerimônia passara a usar as gravatas de tricô caras presenteadas pela sra. Kentridge, que nem sempre combinavam com o suéter verde garrafa com o decote em v.

Estoicismo, os cínicos, os tomistas (as razões por trás desses nomes). As fundações erguidas pelos antigos, seus diálogos, o que bebeu veneno, a lógica, as dificuldades intermináveis da ética, de Santo Agostinho, porque a teologia teria de ser abordada e, assim por diante, em direção aos modernos. Renmark cada vez mais falava diretamente para o rapaz sentado na frente, seu ouvinte mais atento, como se o resto dos assentos estivesse vazio. Se Antill percebeu, não deu sinal. Ouvia com uma concentração inexpressiva, abstraído dos murmúrios e movimentos ao seu redor.

Nessa manhã, Renmark abandonara os filósofos do continente e avançava com suavidade pelo Tâmisa em direção aos pensadores ingleses mais profundos.

Como sempre, Renmark tomara um iogurte e comera uma maçã verde no café da manhã. Começou a explicar a linguagem e as imposturas. Eram teorias do conhecimento. De que modo a tradição empírica formou-se. Um filósofo escocês fora, durante algum tempo, professor particular de um lunático. Reunindo tudo que sabia, Renmark organizava suas informações numa ordem racional e as oferecia aos estudantes. A instabilidade das sensações era um campo pelo qual passara a se interessar em especial. Ao falar sem anotações sentia prazer. O que tudo isso significava?

De soslaio viu que Antill parara e abaixara a caneta. Ainda falando, Renmark encarou-o. Nesse momento, Antill fez uma coisa extraordinária. Ele começou a balançar a cabeça diante do que estava sendo dito.

Na semana seguinte, Renmark deu um passo incomum de entregar um bilhete. Ele convidou Antill a visitá-lo em seu gabinete. Viu Antill ler o bilhete, mas ele partiu antes de começar a palestra. Não ocorreu a Renmarck que o estudante mais promissor não era um estudante.

Esses pensadores profundos de bigodes obrigatórios e que claramente levaram uma vida austera causaram um efeito duradouro em Antill. Antes de ter deparado com seus exemplos ele fora uma pessoa; depois, alguém totalmente diferente.

– Eu estava vivo só pela metade, ou não acordado por completo – disse a Rosie, parecendo mais com Clive Renmark. – Foi uma situação antes-depois.

Ele pensaria com frequência de onde viera esse interesse tão poderoso.

Os verdadeiros filósofos possuem uma ambição de elaborar uma palavra complexa do modelo de mundo, uma explicação paralela ao mundo real. Antill os examinou e, então, apaziguou-se mais. Entre cada palestra ele estudava, lendo tudo que estivesse disponível, e eliminou os filósofos que eram ininteligíveis e outros demasiado compreensíveis. Modelos que não comparavam. As palavras mortas, acumuladas, sobrepostas. Sem utilização, como velhos navios de guerra que eram abandonados e enferrujavam. Mais tarde, descreveria isso como se estivesse usando um casaco pesado de outra pessoa. Era uma questão de rejeitá-los. Começou a examinar e a desconstruir os poucos filósofos que admitiu (alemães) – suas cartas, cadernos de anotações, detalhes de sua vida, conversas, fragmentos – até que, sem descartá-los, os pôs em algum lugar de sua mente, para uma possível referência, junto com a lembrança de Renmark, o mensageiro de colarinho aberto e lábios úmidos.

Eles se viram mais duas vezes em Darlinghurst Road.

Uma tarde, Antill estava parado com um pé só perto da fonte, enquanto uma mulher mais velha com um vestido preto elegante e decotado discutia com ele. Ela poderia ser sua mãe, exceto pelo fato de que sua infelicidade era específica. Um solteirão, provavelmente Renmark vivia perto dali. Meses depois, no final do trecho mais decadente da rua, Antill viu Renmark conversando com uma loura platinada, baixa, mas com uma bolsa grande. Eles estavam negociando; e o palestrante de filosofia magricela seguiu-a numa escada. Embora nunca tenham se falado, Antill sentia uma onda de afeição pela determinação de Clive Renmark de continuar sempre em frente.

12

Depois de estacionar perto do suporte do reservatório o irmão desaparecido saiu da caminhonete na frente das três mulheres e caminhou com as pernas arqueadas para a varanda, um jóquei muito alto para a profissão, seguido pelos cachorros.

Sophie e Erica viram só suas costas.

Após ser simpático, vinte segundos mais tarde afastou-se com passos lentos, ignorando-as; talvez fosse um hábito do campo. Erica imaginou se estaria ansioso para tirar a gravata e o terno.

– Por favor, me diga – falou Sophie interrompendo a caminhada. – Eu disse algo errado, ou o que aconteceu?

Em seu atual estado emocional, sua confiança desmoronava com muita facilidade, por um motivo mínimo, o que ela superava em geral direcionando todas as suas energias especializadas a outra pessoa, um ataque violento de indagações, sugestões, declarações, perguntas feitas sem esperar resposta.

Ao virar-se para Lindsey viu que ela não estava mais ao seu lado. Lindsey debruçava-se no reservatório sobre uma vasilha de metal e com movimentos calmos começou a regar as rosas, sem demonstrar nenhuma reação excepcional diante do comportamento do irmão.

À tarde cada uma delas seguiu rumos diferentes. Erica colocou um lápis e um caderno de anotações no travesseiro, no caso de precisar usá-los, e deitou na cama. Esperou.

Dos quartos distantes vinham rangidos fracos e um som abafado que acentuavam a estranheza da casa.

Era quase inacreditável que nesse lugar um irmão fora deixado sozinho durante anos e anos, a fim de elaborar uma filosofia... enquanto o irmão mais novo saía com qualquer tempo para cuidar de mais de 10 mil merinos em diversos pastos cor de barro, ocupando-se com o sal e a água deles, os quilômetros de cercas etc., o banho e a tosquia do pelo ao redor da cauda e das patas traseiras dos carneiros, organizando as equipes de tosquiadores suados com suas listas de demandas, e assim por diante. Um tipo raro de homem para não sentir ressentimento. Um homem respeitável. Erica fechou os olhos. Além de certa ansiedade, outra razão para não se apressar em examinar o material de Wesley Antill era sua preocupação com Sophie. A amiga estava razoavelmente tranquila, mas Erica notou uma tensão em sua voz e na sua conduta. Seus movimentos aceleraram-se. Sem nada para fazer e ninguém até então adequado para se ocupar, Sophie estava prestes a anunciar que voltaria para Sydney "logo depois do café da manhã". A espontaneidade como Verdade era uma das crenças de Sophie. Para Erica essa característica poderia ser interessante e atraente, mas é claro não tinha um mérito filosófico, mesmo se não fosse o caso.

De tarde Erica saiu do quarto e andou pela casa enorme, mantendo-se nos lugares sombrios. A força total do silêncio aliada ao calor deu-lhe uma sensação de que esse ambiente fervilhava e a penetrava. Percorreu o mesmo trajeto duas vezes. Questionou-se se era humilde. Queria ser humilde.

Ao passar por uma janela ouviu uma voz. Era Sophie falando com um tom íntimo no celular. Tudo que ela pedia era que ele a escutasse por dez segundos, não mais que isso.

– Ouça! – Não importava se a mulher dele estivesse no quarto ao lado. – Pare! Ouça-me!

Ela queria uma resposta: sentia falta dela?

– Preciso saber, eu quero que me diga.

Mas não deixava ele responder, mesmo se pudesse, porque continuava a suplicar, a explicar, a interromper. Por fim disse:

– Não sei o motivo por que me dei ao trabalho de ligar. – E desligou.

Depois de esperar um pouco, Erica entrou na cozinha onde Sophie agora falava com o pai. Seus olhos estavam inchados e vermelhos, porém sorria e gesticulava com uma das mãos, explicando-lhe onde estava. Ele devia estar gargalhando ao ouvir sua fantasiosa filha de uma distância tão grande das ruas de Sydney. Ela acenou para Erica. No entanto, estava concentrada ao falar com o pai. Com muita firmeza perguntou como ia de saúde e lhe deu instruções para não beber tantos cafés expressos. Com um som longo de um beijo, disse tchau.

– Eu tive um dia horrível – falou, virando-se para Erica.

Sentaram-se à enorme mesa reluzente.

Ao falar do pai, Sophie sorriu.

– Ele sempre diz: como vai minha garotinha? Tenho conversado mais com ele. Ele é um homem incomum. Ele gosta de mulheres – disse, dirigindo-se a ninguém em particular.

– É verdade – falou Erica fazendo um sinal afirmativo com a cabeça.

– Ele gosta de você – retrucou Sophie devolvendo o aceno.

– Tenho certeza. E ele não tem uma história de investir em mulheres inteligentes.

Evidentemente, pensava na madrasta petulante que gastava uma fortuna em cabeleireiros, lápis de sobrancelha e cremes rejuvenescedores, lingerie francesa, um quarto cheio de sapatos de estilistas, personal trainers, almoços e num poodle que latia sem parar. A tolerância eventual e bem-humorada do pai com sua mulher mais jovem (dezessete anos) irritava Sophie.

– Sinto muito, mas não sei o que ele vê nessa mulher. Você sabe que ele a conheceu quando ela moldava um dos seus chapéus. Você pode acreditar?

Quando Erica riu por um momento sentiu-se uma mulher sem vitalidade. E não deveria ser, com certeza. Assim como seu pequeno apartamento com a cozinha estreita era excepcionalmente limpo, sua mente era organizada e limpa. Suas roupas também revelavam uma vida simples. No entanto, notara que as pessoas a achavam atraente. Era sua boa vontade em geral. Para os que lhe estavam próximos, como Sophie, ela era uma presença confiável. Tinha um comportamento atencioso. Ao mesmo tempo, permanecia um pouco inatingível; porém Sophie não notava isso.

Além disso, em seu trabalho ela tinha de dar significado a uma massa conflitante de impressões, de premissas. Etc. etc. Diariamente. A profissão que escolhera era difícil.

O pai de Sophie era um homem grande, sólido. Qualquer espaço ficava pequeno com sua presença.

Sophie acalmara-se, mas começou a falar de seu telefonema anterior.

Erica a interrompeu:

– Ele não merece você. Nem deveria se aborrecer.

Para sua surpresa continuou a fazer uma série de movimentos de repúdio com a mão.

– Pelo que me contou, nada sobre ele soa verdadeiro. E corrija-me se estiver errada, ele não é casado?

Nenhuma dessas objeções interessou Sophie.

– Ele gostou de me ouvir, mas não podia falar com liberdade.

Lindsey entrou na cozinha. Observando as expressões delas pegou a chaleira.

— Consegui falar com ele — disse Sophie. — Agora ele sabe que ainda estou viva. E depois falei com meu pai, que espero que um dia você conheça. Se não se importar de ser perseguida ao redor da mesa por um homem idoso de origens obscuras. Erica, não estou certa?

Sem esperar resposta falou rápido.

— Meu pai sofre do que chamamos em meu círculo... Pouco importa como se chama. Ele usa seus olhos como armas eficazes. Um homem atento e paciente, mas ao mesmo tempo enérgico.

— Parece ótimo para mim. — Lindsey sentou-se do lado oposto da mesa. — Estas xícaras eram da minha mãe. E já quebrei uma.

Ao servir o chá, o rosto de Lindsey ficou inexpressivo.

— Não via muito minha mãe. Ela tinha uma vida confortável em Sydney. Era lá que queria viver. Nós íamos visitá-la. Era agradável. Ela tinha amigos na cidade. Há pouco tempo percebi que não lembro a cor de seus olhos. Horrível, não?

— Quando se quebra uma xícara, de repente lembramos o rosto de nossas mães. — Erica olhou para Sophie, que não dissera uma palavra.

— Será que fiz pequenas exigências excessivas a ele? — interrompeu Sophie. — Eu o corrigi? Algumas vezes me sinto culpada. Deito-me e penso nisso. Além disso, tenho o hábito de ouvir tudo que uma pessoa diz com muitos detalhes. Isso é a vida profissional intrometendo-se na vida pessoal, a noite segue o dia. É incontrolável. Assim como você — disse a Erica sem a olhar. — Seu rigor teórico a impede de participar da vida que está ao seu lado.

Com a xícara nas mãos, Lindsey prestava atenção na conversa ou, melhor, numa mulher demonstrando seu desequilíbrio. Pelo motivo usual, acontecera com ela há dois anos e meio.

E agora formou uma imagem mental dele, quase um prazer. Ainda sentada, Erica não se importou com o comentário de Sophie sobre sua vida, ou sobre a ausência dela. Ela já dissera isso antes. Nunca se sentira à vontade com essas conversas de que as mulheres gostam, havia uma desenvoltura interminável nelas.

Como evitar o relaxamento e a tranquilidade do "eu". Cuidado com a histeria.

Lindsey levantou-se.

– Por causa do calor intenso, acho que servirei carne fria à noite.

Escureceu, os passarinhos ficaram barulhentos, e as luzes acenderam-se. Sophie pusera uma echarpe de seda franzida ao redor do pescoço, o que lhe dava a aparência de ter um ferimento na cabeça. Além desse ato determinado de desafio, usava um perfume novo (é possível usar perfume filosoficamente?).

Erica admirou o humor de Sophie. Ela tocou na echarpe.

– Eu chamaria isso de ruibarbo.

Antes que acrescentasse rápido "É minha cor preferida", pequenos sons como essas palavras e o barulho de Lindsey arrumando a mesa foram abafados por uma massa escura precipitando-se do céu em direção a elas, reunindo-se no telhado onde fez uma pausa, depois se ouviu um estrondo seguido por um ruído ensurdecedor ecoando cada vez mais perto, e elas deram um salto. Os pratos e as janelas entrechocaram-se e alguns dos cavalos assustados pendurados na parede caíram. Ao mesmo tempo, um relâmpago as refletiu nas vidraças das janelas, tal como as celebridades assediadas nos hotéis são fotografadas dos canteiros do jardim. Então, começou a chover. Toneladas de pregos, grãos de trigo ou cascalhos bateram no telhado de zinco, os canos e as calhas transbordaram, enquanto o som do trovão afastou-se.

As mulheres riam como loucas, como se estivessem encharcadas. Lindsey jogou a cabeça para trás, fechou os olhos, levantou os braços e balançou os quadris incorporando-se à ação da natureza. Embora estivesse gritando, era difícil ouvi-la.

— Isso é uma dança da chuva, ou da fecundidade? Nunca tenho certeza.

— É possível ter constantemente chuva — observou Sophie.

Desenrolando a echarpe ela começou a dançar, rodopiando a cabeça e os braços. Era algo mais antigo que música.

Erica sorriu encorajando-as, sentia-se integrada a elas, mas não conseguiu dar um passo à frente.

— Sempre podemos dançar por causa de uma gota de chuva, mas isso é ridículo.

Ligeiramente ruborizada, Lindsey voltou para a mesa. Elas ainda precisavam falar alto para serem ouvidas.

Nesse momento, Sophie notou que os talheres haviam sido postos só para três pessoas.

— Meu irmão pediu desculpas — disse Lindsey em voz alta. — Mas, devido ao tempo, teve de sair. Disseram que ele tem uma namorada na cidade, mas não penso que seja isso. Pode haver uma inundação repentina. Ele não gostaria de perder nenhum cordeiro.

Ao tocar no nariz de alguma forma Sophie conseguia se ver, sem um espelho.

— Acho que seu irmão está com mil coisas em que pensar. Tudo está acontecendo ao mesmo tempo. Podemos falar com ele amanhã, desde que nos mantenhamos a distância.

— Se conseguirem trocar uma dúzia de palavras com ele estarão com sorte.

— Isso é porque passa muito tempo sozinho fora de casa? — perguntou Erica.

Nesse lugar, mais do que na cidade, ela notou como tudo existia sem descrição. No entanto, nunca se sentia à vontade com a forma como as palavras se ligavam a um determinado assunto, como uma árvore, o calor, ou os sentimentos. Embora soubesse que Sophie não concordaria.

— O silêncio é uma característica da família — explicou Lindsey.

— Olhe só! Você é totalmente diferente! Quem é tímida e introspectiva é minha amiga aqui — retrucou Sophie, dando um pequeno empurrão em Erica.

— Wesley também falava pouco — disse Lindsey.

A cadeira à espera de Roger Antill começou a irritar Erica. Ela atraía atenção para ele, uma forma de preencher o espaço, antecipando sua voz e sua maneira de ser.

— Não sei por que me sinto tão cansada no campo.

O fato de ele não aparecer era uma demonstração de sua indiferença em relação a elas.

Lindsey acendeu um cigarro.

— Vou fazer chá e podemos nos sentar na sala.

— O irmão desaparecido — disse Sophie a Erica. — Será que somos uns espantalhos ou o quê?

13

QUANDO SE AVENTURAM a ir para o interior, os viajantes são aconselhados a levarem galões de água potável e comida enlatada. Se o veículo quebrar, esperem por ajuda. Não saiam do veículo. Em países rochosos, as pedras podem ser usadas para formar uma mensagem visível do ar: AJUDA ou AQUI! Todos os verões surgem histórias terríveis de turistas na Escandinávia, Inglaterra ou Japão que se perderam ou se atolaram na areia, sofreram algum tipo de problema mecânico ou ficaram sem gasolina e, em temperaturas elevadas, morreram de sede. Um caso recente foi o de um casal recém-casado da Coreia. Seus corpos foram encontrados bem distantes um do outro. Há alguns anos uma família de cinco pessoas de Midland morreu atolada na areia no

Simpson Desert, no sul da Austrália. Eles tinham chegado ao país havia menos de dois meses. Um rapaz alemão de short, camiseta e óculos escuros dirigia uma motocicleta nas colinas de areia vermelha, no calor e no vazio; ele deu até logo ao pôr do sol; nunca mais o viram. Falam da *terra incognita*!

Na distante região norte, evitem nadar nas lagoas por causa dos crocodilos. Esse país também tem as aranhas e as cobras mais perigosas do mundo. Todos os anos circulam relatos de cobras esmagadas acidentalmente com os pés ao atacar uma vítima.

Países áridos e quentes, cheios de perigos, desencorajam a formação de longas frases e estimulam a maneira lacônica de se expressar. O calor e as distâncias entre os objetos parecem sugar a vontade de adicionar palavras às já existentes. O que poderia ser acrescentado? "Sementes caindo na terra estéril" – de onde você acha que provém esse ditado refinado?

São os países pequenos e frondosos das regiões norte do mundo, frios, escuros, lugares complexos, *locais* específicos, com populações estabelecidas, onde pensamentos e frases (nos quais a imprensa foi inventada!) têm um desejo oculto de prosseguir, de acrescentar, corrigir, de participar na formação do estrato. E não só produzir um solo fértil para o pensamento filosófico; foi num país histérico e sem acesso ao mar, com essa exata descrição, que a psicanálise nasceu e difundiu-se.

Aparentemente, o clima frio ajuda no processo. O vento frio cortante e o caminho ao longo do rio caudaloso.

14

DESABITUADA AO silêncio, Erica acordou cedo. Escovou os cabelos, olhou-se no espelho e desceu para a cozinha. Lindsey não estava lá. Roger Antill passava manteiga e geleia de damasco numa fatia grossa de torrada de pão branco. Ao lado do prato, como um pequeno animal afetuoso que o seguia por toda parte, via-se seu chapéu cáqui.

Ela sorriu e perguntou:

— Lindsey ainda não acordou?

— Já deve estar acordada.

— Tenho me sentido muito mimada. Lindsey tem me servido o café da manhã na cama.

— Está certo.

Antes que percebesse que estava admitindo a gentileza da irmã, Erica disse com firmeza:

— Acho que ela é uma pessoa gentil.

Roger Antill olhou pela janela, refletindo sobre o que ela dissera. Assim, Erica observou de novo o cabelo liso bem penteado e agora, embaixo da orelha, um pequeno corte matinal da lâmina de barbear.

— Gentileza... — disse. — Esse é um pensamento que nunca tive antes. Ela é minha irmã, quase não penso nela. Fazemos parte da mobília. Moramos nessa casa há tanto tempo que perdi a noção dos anos.

Lindsey não dissera que o irmão não revelava seus pensamentos? Não havia sinal de que pararia de falar.

— Estou remoendo meu cérebro tentando pensar em alguém que chamaria de *gentil*. Você se definiria como uma pessoa gentil?

Erica fez que não. Definições de bondade, verdade, gentileza — e seus opostos — eram mais bem julgadas em termos filosóficos, a distância. Observava, resignada, como os outros se interessavam mais por pessoas do que pelos princípios austeros que, ao longo dos séculos, foram erguidos em torno delas. Havia um impulso para a subjetividade que não tinha — parte da atração — uma base sólida. Se Sophie estivesse à mesa ela teria tentado direcionar a conversa segundo seus métodos psicanalíticos. Ao fazer perguntas umas após as outras, ela alcançaria Roger e depois o cercaria.

Quando se levantou para fazer chá, Erica falou olhando para trás:

– Choveu a cântaros ontem à noite. Você saiu com aquele temporal? – Erica serviu o chá. – Leite?

Diante do homem que tinha a reputação de ser lacônico, Erica ficou mais falante que o usual. Ele estava sentado com sua camisa de trabalho desbotada bebendo o chá cor de madeira que ela fizera. A mão envolvia a delicada xícara de porcelana como se estivesse segurando um copo de cerveja.

– Tenho a firme intenção de começar o trabalho esta manhã.

Ao ouvir isso, Roger Antill, que mal lhe dirigira o olhar, ficou atento.

– Aguardo ansiosa o momento de examinar os papéis de seu irmão – disse ela.

Ele balançou a cabeça por algum tempo. Então fechou os olhos.

– Tenho uma ideia melhor.

Queria levá-la para passear pela propriedade, a fim de ver os pastos altos, os eucaliptos a meia distância, os açudes, os antigos pátios, os rebanhos de carneiros – os trabalhos. Eles iriam andar aos sacolejos em sua caminhonete amassada, com os dois cachorros equilibrando-se na traseira.

– Deveríamos esperar Sophie?

– Vamos embora. – Já colocara o chapéu na cabeça. – Não vou morder você.

15

EXISTIAM homens com mais de sessenta anos que haviam presenciado muitas coisas, como mostravam seus ferimentos horríveis. Alguns passaram por momentos infernais na Europa ou nas ilhas, e Deus sabe quantos casamentos terminaram. Outros sofreram privações econômicas no campo ou na cidade. A experiência de países estranhos e árduos faz diferença? Alguns fugiram para salvar suas vidas. No entanto, homens que viveram tranquilamente perderam esposas, filhos e irmãos antes dos pais. Sem dúvida, tinham histórias para contar.

Ser testemunha da morte, ou quase, ou do sofrimento – ou pelo menos estar próximo dos extremos – talvez revelasse a verdade ocasional indisponível na vida cotidiana.

Esses eram os pensamentos obscuros que Wesley tinha na ocasião.

Conseguiu um emprego de porteiro no hospital St.Vincent. Não era um trabalho penoso. Os médicos e as enfermeiras andavam a passos largos e rápidos. O linóleo marrom brilhava. Seu trabalho era entregar muletas, empurrar as cadeiras de rodas dos pacientes pelos corredores e levá-los a elevadores cavernosos para tirarem radiografia ou serem operados. Nessas circunstâncias, as mulheres eram mais propensas e mais fáceis de conversar do que os homens deitados, que pareciam ter sido severamente feridos numa batalha e estendiam a mão para pegar o cigarro.

Nas trocas de turnos, os porteiros sentavam-se do lado de fora no concreto, os jalecos brancos abertos, fumando, bebendo chá e olhando os sapatos. À luz do dia era um grupo de pessoas pálidas, com erupções na pele e um aspecto cansado. Uma delas diria que o preço do corte de cabelo aumentara. Nenhuma resposta, só o som fraco das tragadas dos cigarros. As opiniões sobre políticos ou futebol eram expressas sem piedade, sem esperar uma resposta. Um homem carrancudo era o mais falante. Seu nome soava algo como Sheldrake. Mais cedo perguntara a Wesley, sentado de um lado: "O que você tem a dizer a seu respeito?" Era um homem corpulento, careca, exceto por um círculo de cabelo louro, como uma sopa de milho que transborda da panela, como se sua cabeça só pudesse conter certa quantidade de informação. Ele introduzia tópicos. Naquela manhã, estava empurrando uma cadeira em direção ao elevador e uma roda saiu do eixo e quase derrubou uma senhora idosa, que mal se inclinou, porque isso já tinha acontecido uma vez com ambos. Vocês sabiam que houve duas conspirações para assassinar o presidente Kennedy? Agora as mulheres eram tripulantes de submarinos na Marinha. Alguém já ouvira uma porcaria dessa tão ridícula? Depois falava das enfermeiras irlandesas e, ao mencionar as mulheres em geral, sua entonação era detalhada, veemente e exprimia rejeição, a ideia começando a obter uma concordância deturpada.

Sentado no banco de bar como um árbitro de uma partida de tênis, esse homem Sheldrake os esperava para conversar. A sugestão mais eloquente era que eles não estavam desempenhando seu verdadeiro potencial. Quando olhava para um deles, depois para outro, eles por sua vez recostavam-se em suas bengalas, nas cadeiras tubulares de aço ou nas de plástico perfuradas, e se um deles dizia algo, em geral, era um assunto novo.

A cadeira de Wesley era de madeira. Causava mal-estar com as manchas escuras e sua mediocridade, uma cadeira de cozinha da década de 1950, carregando lembranças de uma determinada infância australiana, que não dizia respeito a Wesley, porém que aparentemente desconcertava os outros. No dia em que chegara era a única cadeira disponível e ele se sentou nela; acostumou-se ao concreto que parecia coberto por teias de aranha e, levantando os pés, apoiava-se na parede perto de uma torneira gotejante. Era um lapso, um espaço. O tráfego em Barcom Avenue e, mais além, em Oxford Street aumentava e diminuía com uma regularidade vaga, como ondas dissolvendo-se numa praia. E vozes fracas.

Enquanto ouvia meio absorto os outros sob o sol, Wesley decidiu que começaria a pensar de modo menos pedante. E que faria isso agora, antes que fosse tarde demais. Pensou no pai e nos seus selos. Seguindo a recomendação de Clive Renmark concentrou-se primeiro nos gregos, e passara por etapas regulares para os modernos, absorvendo tudo que suas mãos tocavam. As descobertas de cada filósofo permitiam ao filósofo subsequente subir em seus ombros, como se a filosofia fosse uma forma de ginástica, a partir da qual eles poderiam ascender cada vez mais, ou a qualquer momento inclinarem-se num ângulo, porém ainda seguros. Passou todo o tempo disponível escalando os picos extraordinários do pensamento ocidental, o que deixou Wesley com um sentimento desconfortável de que sua mente era zelosa, pedante e banal. Esse sentimento foi, é claro, resultado do caminho cronológico seguido por seus estudos. Em seu apartamento, os livros e os jornais empilhavam-se nas prateleiras, no chão e na cama desfeita, indicando uma mente liberal e não convencional trabalhando. Isso era o refúgio da cidade, onde os carros enferrujavam e as páginas dos livros desbotavam. Wesley sublinhava o texto ou rascunhava comentários nas margens, e fazia "copiosas" notas, como Rosie da porta ao lado gostava de brincar. Já adquirira o hábito de escrever textos em pedaços de papel e grudá-los nas paredes e nos espelhos, para repensá-los.

Rosie Steig estava impressionada com sua diligência. De vez em quando Wesley parava e esfregava os olhos, pensativo. Outras vezes falava alto: "Eu *não* penso o mesmo." ("Todos os cisnes são brancos." Não de onde venho!) Isso era suficiente para Rosie erguer a cabeça. Eles eram amigos. Se um livro estivesse esgotado, ou se ele não conseguisse uma cópia antiga numa das lojas em Glebe, ela contente pegava emprestado na biblioteca Fisher.

Wesley percebeu uma lacuna entre a clareza do tema escolhido e as intrusões mais amenas e inevitáveis em seu cotidiano.

Rosie Steig vinha ao apartamento com frequência, deitava-se no sofá e estudava diversos temas, enquanto ele se sentava à escrivaninha estudando um único assunto, as faces pressionadas entre as palmas das mãos, como uma fachada de pedra de um prédio antigo. Nem mesmo os bocejos ostensivos dela rompiam a concentração dele.

Do sofá e escondida dele, Rosie gritava:

– Como ela se chama? Sra. Fulana, o que você vê nela?
Virginia Kentridge tinha idade para ser sua mãe.
– Amanhã lhe digo. Talvez na próxima semana.
– Quero saber agora.
– O que quer saber exatamente?
Virginia Kentridge não tinha a generosidade espontânea de Rosie; a dela era ansiosa. Havia uma inquietude em Virginia Kentridge, no corpo impaciente de viúva, e na maneira de pensar e de falar, diferente de sua mãe ou da irmã, uma série de intermitências, convertendo-se num fator de complicação para ele. Algumas vezes, percebia que quando ela falava, não estava dirigindo-se a ele.

Em pé diante dele comentava como sua pele era macia, seu aspecto, o abdome plano, e dizia:

–Você gosta da minha aparência? – Por causa dos estudos ele se tornara solene, silencioso, decidido. Era outra pessoa. Por isso, ela não quis que fosse trabalhar no hospital, sobretudo porque não precisava trabalhar. – Lavou as mãos? Não quero que se aproxime de mim, se não as tiver lavado.

Certa noite, Wesley encontrou Virginia chorando no banheiro. Vira pela primeira vez um pelo púbico grisalho; não houve palavras racionais capazes de consolá-la. Quando contou depois a Rosie, ela ergueu os olhos e disse:

– Pobre Virginia.

Trabalhando no hospital ele poderia refletir sobre problemas filosóficos que surgiram de manhã. Mas as enfermarias e os corredores, as enfermeiras alegres, com o nariz vermelho, e os doentes indefesos significavam o mundo adjacente, só isso. Não era apenas a visão comum de estoicismo.

Em uma quinta-feira ele chegou como de hábito com a caneca de chá no pátio de concreto e viu que o homem corpulento e falante sentara-se em sua cadeira, não só se sentara nela, como refestelara-se na cadeira com o traseiro gordo e bem à vontade. Antill caminhou em sua direção e, enquanto ele falava, puxou a cadeira. Sheldrake caiu no concreto e levantou-se para lançar-se sobre Antill.

– Pare! Fique calmo! – As pessoas o seguravam como se fosse um cavalo. – Aqui estamos nós, trabalhando como escravos para salvar vidas e vocês tentando se matar.

Foi um conflito por uma cadeira de madeira, que mais tarde Wesley descreveria como sua luta por uma nova filosofia.

16

Erica segurava a porta, enquanto ele só com o polegar e o indicador mantinha-os no caminho, a mão mais próxima mudando a marcha com frequência, e notou que a maneira de ele conversar, com mais pausas e inícios, e falsos indícios do que palavras de fato, seguia os contornos sinuosos da paisagem. O fato de ter de lidar com acontecimentos irregulares no dia a dia influenciou seu modo de falar. Após uma frase de mais de três palavras fechava os olhos, e as pálpebras vibravam um pouco à medida que falava. A última pessoa que vira com esse balbucio visual (se é que fosse isso) fora um pastor metodista com cílios ruivos que visitava sua mãe em Adelaide, e a imagem dele sentado na sala de visita segurando uma xícara de chá equilibrada num pires floral com uma das mãos, enquanto comia um pedaço de pão de ló, fixara-se em sua memória.

Roger Antill não queria olhar para essa mulher de Sydney. Depois de tirá-la da casa começou a se questionar se fora uma boa ideia. Primeiro, pensou se ela queria ver terras e mais terras e ouvir o relato das intermináveis tarefas de um pastoreador. As pessoas urbanas tinham seus interesses, suas áreas de especialidade. Ele não tinha intenção de aborrecê-la ou confundi-la, embora aborrecer alguém às vezes fosse interessante.

Roger Antill parou o carro. Olhando por cima do volante indicou com o queixo a propriedade original. Uma chaminé fora a única coisa que restara de uma cabana, troncos de eucaliptos cinzas como papel de jornal, cercas de arame ali e acolá – sinais escassamente decifráveis, como submersos na água.

Havia traços deixados por seus ancestrais. Roger Antill mencionou alguns de seus sólidos nomes ingleses e falou sobre como haviam morrido – quedas de cavalo em que bateram com a cabeça, difteria, como soldados enviados a combates mortais na Bélgica e na França. Filhas que iam para Sydney, depois para Londres, e só voltavam em visitas.

Desviando-se do caminho, a casa bem atrás deles, ele deu uma guinada para a esquerda, onde havia um riacho caudaloso, barulhento e espumoso, coberto de gravetos pretos, folhas e galhos de árvores. Em certo momento, ele deu um golpe violento num buraco cheio de água e praguejou:

– O que fazer agora com isso? – Ainda dirigindo com uma das mãos, disse: – Eu não teria dito nada, nem uma palavra.

Como a natureza apaga os vestígios do dia anterior. Depois da chuva o cenário mudara, mas era basicamente o mesmo.

Os carneiros estavam nos pastos de ambos os lados da estrada. Muitos cordeiros emaciados.

Essa era uma parte arredondada do terreno que mostrava seus declives naturais, uma harmonia casual nas distâncias graduais. Erica misturou-se aos sulcos formados pela água, onde o mesmo terreno elevava-se numa colina cor de nicotina com árvores de troncos brancos.

– É surpreendente o que observamos quando olhamos alguma coisa há muito tempo. Existem colinas aqui que parecem nádegas de uma mulher e outras coisas mais. Esse sulco lá. Com que parece? – Por alguma razão Erica sentiu-se respeitada e sorriu. – Joelhos, cotovelos. Eu mostrava essas... associações visuais... mostrava ao meu irmão Wesley, logo depois que voltou.

Ele me respondia: "Sim, tudo bem. O problema é que você não é o primeiro no mundo a notar isso. Como uma ideia reduz-se à banalidade."

Para tornar mais leve a conversa, Roger deu um bocejo abafado.

– Enfim – disse com uma voz bem alta. – Creio que é melhor deixar o pensamento fantasioso com ele.

Erica riu.

– Decidi me concentrar no que sei, qualquer coisa que seja. Abrir portões! Eu posso fazer isso.

Ele saiu da caminhonete, abriu o portão, atravessou-o, fechou-o e seguiu em frente. No próximo, Erica deu um pulo.

– Vou fazer isso – disse, querendo ajudá-lo.

Mas o portão enervante era difícil de abrir. Enquanto se esforçava para abri-lo, Erica imaginou os olhos dele vagando por sua cintura e quadris. Ele não tinha mais o que olhar. Juntando-se a ela no portão ele foi paciente e brincalhão, ao girar com facilidade a corrente e a anilha do ferrolho.

– Nunca perguntei a Wesley por que se interessara por filosofia. Não há indícios na família.

Falava como se a filosofia fosse uma doença. Erica perguntou se o irmão trabalhara em seus ensaios todos os dias.

Por um momento, ele ficou calado. Parecia que retornara à sua maneira lacônica.

– Suponho que você poderia dizer que era o Filho Pródigo. Havia aspectos disso. Eu tinha... quinze anos quando ele foi para Sydney. Depois disso eu o vi muito pouco. Recebíamos cartões postais, montanhas com neve, pequenas casas, esse tipo de coisas. Ele estava na Europa, como você sabe. Com a morte de nosso pai, ele enviou um telegrama dizendo que chegara o momento de voltar. Bem razoável. – Como se suas lembranças estivessem presas a uma mola bem lubrificada, suas pálpebras começaram a vibrar. – No dia em que saltou do trem... eu passei por ele direto. Eu não saberia definir seu rosto. Isso também tinha a ver com o cabelo. Havia ficado branco.

Essas frases interrompidas e recomeçadas, ou que desapareciam gradualmente, obrigaram Erica a ouvi-las com atenção, ao mesmo tempo em que observava as diversas formas novas, objetos e composições que surgiam a certa distância ou mais longe. Havia longas poças e extensões de lama.

Nesse momento, Erica apontou para uma curva no riacho caudaloso, onde uma ovelha estava presa, com apenas a cabeça aparecendo.

Antes que Roger parasse o carro, ela se precipitou para o terreno lamacento. Arregaçou as calças e dirigiu-se com dificuldade em direção ao animal. O movimento rápido da água fria deixou-a mais determinada. Era uma exibição de força. Tudo ao seu redor era um turbilhão marrom.

– Ela deve pesar uma tonelada – gritou Roger. – Deixa que eu a pego.

Dando mais um passo – um animal era vida – com seus olhos esbugalhados, a força da água fez com que seu pé escorregasse numa pedra. Ela caiu para frente em meio aos galhos úmidos que prendiam a ovelha, e o animal afundou sob seu peso. Quando Roger segurou seu braço e puxou-a, ela viu a ovelha sendo arrastada pela correnteza.

– Eu estava bem. Mas obrigada. – Erica continuava a olhar a ovelha. – Não é fundo. E não sou uma pessoa totalmente indefesa. Também poderia nadar. – Parecia falar para si mesma. – Por que está rindo? Um animal estava prestes a se afogar.

Agora perdera a ovelha de vista. E ela queria acima de tudo avistá-la. Enquanto não morresse sob esse céu imenso, quase branco. Ao seu lado, ele olhava na direção oposta para um dos pastos.

Subitamente, sentiu vontade de empurrá-lo ou de lhe dar um soco.

— Você não se importa. Aqui vocês se acostumam ao sofrimento dos animais. Isso acontece todos os dias. Faz parte da situação geral. Um animal pode estar sofrendo, mas você continua seu trabalho, não é? Que importância tem para você? Cada animal é apenas uma unidade, um dente da engrenagem da enorme máquina de uma fazenda produtiva.

— Você fala como Wesley. Só que a voz é diferente. Está tudo aqui. — Ele tocou a testa.

Com as calças e a blusa molhadas, Erica entrou na caminhonete, com os braços dobrados. Mais um desentendimento. E aconteceu logo. Respirando pela boca, questionou-se por que tinha de ser sempre assim. Uma discordância de opinião ou uma maneira de alguém se expressar provocava nela uma observação cáustica em relação aos defeitos de uma pessoa, e isso de repente realçou o modo com que as rochas apareciam num pasto. Era estranho estar sentada ao seu lado agora. Sentiu-se confusa. Por que tudo isso? Se houvesse refletido, saberia que o faria sofrer; mas não o fez. Mais cedo ou mais tarde, todos os homens revelavam suas dificuldades; e essas dificuldades assomavam e permaneciam quase como formas físicas. A outra pessoa como obstáculo! Por isso, vivia sozinha. Sentiu-se sem atrativos.

Com só uma das mãos no volante, Roger Antill parecia indiferente. Não entendia o que passava pela cabeça dela. Os homens com quem cruzara eram assustadores por todas as razões erradas. Uma exceção era o pai de Sophie, o industrial. Ela ficava agradavelmente hipnotizada com o tamanho de sua cabeça, com sua maneira experiente de falar e a vibração profunda das cordas vocais. Sua vida era mais calma em Sydney. Segurava de novo a porta enquanto se dirigiam para o local onde o riacho alargava-se. Esse homem sentado ao seu lado tinha inúmeros vácuos. Qualquer coisa que fizesse ou dissesse desagradava Erica, mesmo quando viram mais adiante um carneiro encharcado na parte rasa, e ele não disse nada.

Quando voltaram para casa suas roupas tinham secado.

Ao vê-los chegar da varanda, Sophie levantou-se da cadeira e aproximou-se deles.

– Aonde você foi? Por que não me avisou que ia sair? Você sabe que eu gostaria de ter ido junto. Eu não a entendo.

Assim que Roger afastou-se a pé, a perplexidade de Sophie voltou-se com veemência para Erica.

– Por que você fez isso?

– Não quero falar sobre o assunto.

Seguindo-a para dentro de casa, Sophie sussurrou:

– O que aconteceu?

Agora foi a vez de Sophie examinar a perturbação da amiga e entristeceu-se com isso; ou pelo menos pareceu triste.

– Por favor, pare. Fomos visitar a propriedade, é tudo, a extensão dela, a paisagem. Vimos carneiros e árvores.

– Sim. E?

Erica não podia explicar o que acontecera.

– O riacho virou uma torrente. Aparentemente, havia uma raposa a distância correndo. Tudo muito interessante.

– Você não está dizendo nada. Faça um teste de novo comigo.

Para obter um resultado, às vezes Sophie usava uma pequena quantidade de dinamite.

Quando Erica falou, não parecia interessada em si mesma. Ela quase não disse "eu". A introspecção de Erica tornava-a impessoal, o que começou a preocupá-la. Ela já tinha dúvidas quanto à sua reação diante de Roger Antill. Não sabia o que se passara com ela. Será que ele achara que ela era mulher dura, dogmática, que escapava do controle? Mas ela não era assim, não mesmo.

O menor galpão de ferro corrugado sem pintura, com pedaços de lâminas de um cinza mais claro, era ligeiramente inclinado e tinha duas janelas vazias (sem cortinas). Uma mulher nunca deixaria de surpreender-se com sua proximidade da casa. Imagine: durante a tosquia e o corte do pelo nas patas posteriores todos esses carneiros amontoados nos pátios, e outros que chegavam, os cachorros correndo em semicírculos, o cheiro forte dos carneiros, as nuvens de poeira e as moscas não habituais, sem mencionar a linguagem asquerosa constante dos homens tosquiando os carneiros, que as mulheres não podiam deixar de ouvir. Por esse motivo, à medida que a propriedade aumentava e os rebanhos multiplicavam-se, o galpão foi substituído em meados da década de 1930 por um maior situado a uma boa distância da casa.

A maquinaria e as construções não mais usadas para os carneiros permaneciam no mesmo lugar. Ao longo das estações elas mudaram de cor e afundaram, atraindo a ferrugem, ervas daninhas e sombras perseverantes, à medida que retornavam a terra, embora não por completo.

De tarde, Wesley reaparecia com seu terno leve e, depois de lavar o rosto e as mãos, ia para o pequeno galpão seguido por Roger e Lindsey, e abria a porta. Eles entravam. Feixes de luz prateada das lâminas mal encaixadas de ferro corrugado e os vários buracos de pregos nas paredes perturbavam a calma do lugar, silencioso após o cessar de suas atividades, e iluminava a mesa como um altar. De um lado os cercados de animais de madeira ficavam na sombra.

– Quase uma catedral – disse Wesley. Isso intrigou Roger e Lindsey. Evidentemente, ele ainda tinha uma ligação com o velho mundo. Se não se opusessem, ele gostaria de usar o galpão como seu local de trabalho.

17

EM SEGUIDA à briga com Wesley Antill, o dito Sheldrake não apareceu mais no pátio. Seu banco ficou vazio. Rodeado pelas diferentes cadeiras ocupadas por figuras que produziam fumaça, os pés de aço cromado que apoiavam o assento de vinil vermelho assumiram uma presença obstinada e acusatória. Para Wesley o corte no assento vermelho parecia apontar o dedo direto para ele. Afinal, fora ele que... Os outros assistentes hospitalares pareciam indiferentes, mas desde sua pequena briga para recuperar a cadeira ele sentiu que o aceitavam com menos facilidade, embora não tivesse prestado muita atenção neles antes.

Sem Sheldrake para instigar o diálogo, a conversa ficou desconexa.

Então, um deles se sentou e falou seu nome.
– Pobre Hendrik, soube que está com câncer.
– Quem contou isso a você?
– Câncer onde? – perguntou Wesley.

Hendrik – parecia um nome holandês; mas com um pai inglês, pela sua aparência.

Alguém deu um estalido com a língua em sinal de solidariedade.

– Você não pode pensar que é sua culpa – gritou a sra. Kentridge, quando ele mencionou o fato.

E quando Wesley contou a Rosie o incidente da cadeira e o humor diferente dos outros, ela parou o que estava fazendo – escrevendo uma longa carta para a irmã casada – e para sua surpresa concentrou-se no problema (que "problema"?), e lhe fez perguntas minuciosas de qualquer ângulo imaginável, o cubista original, tentando dar forma à situação. A análise de possíveis razões de alguma coisa absorvia Rosie durante horas.

– De qualquer modo, agora isso é uma rivalidade.
– Vejo que tem um temperamento suscetível – disse ela, ainda pensando no incidente da cadeira. E não pela primeira vez perguntou: – Por quê?

– As emoções encaixam-se numa categoria difícil – foi tudo que pôde dizer numa tentativa de fazer uma brincadeira. – Estou trabalhando nisso.

Era tão estranha a maneira como ficava agitado durante essas conversas, mesmo com Rosie. Wesley quis a cadeira de volta; era sua. Isso era tudo. No entanto, atacar estupidamente Sheldrake, onde estava a premissa de cortesia de David Hume? Pensou se a simplicidade da aridez da vida rural poderia ser responsável.

Rosie e ele falavam-se todos os dias e, nas noites em que ele não estava na casa de Virginia Kentridge, dormiam juntos. Wesley sentia cada vez mais vontade de conversar com alguém sobre sua última compreensão ou incompreensão filosófica, na verdade, pensar em voz alta. Algumas vezes tratava-se de uma questão de descartar uma ideia sem consistência. Ao passo que queria restringir seu modo de pensar, Rosie o estimulava a enriquecer sua maneira de refletir. Ela tinha amplo interesse em assuntos paralelos à filosofia, como a religião e três línguas antigas, que preenchiam sua voz e a pele indistinta, seus lábios, e perfumavam sua pele, pelo menos quando dizia respeito a Wesley. Áreas de seu aprendizado impregnaram-se nela; estavam ocultos, mas revelavam-se na generosidade. Sua boca era aberta.

– Não quero ser considerada uma espécie de irmã – disse uma noite, embora estivessem nus na cama, o pulso dele aquecendo sua cintura.

Wesley perguntou à mãe se poderia levar Rosie a um dos seus saraus às quintas-feiras. Para não correr riscos, a sra. Antill não convidava suas amigas. Reclinada no sofá ela estendia a mão e depois a deixava cair. "Desculpe", falava pedindo desculpas. "Estou me sentindo fraca esses dias." A sra. Antill usava um vestido de cetim amarelo-claro que acentuava sua cautela tranquila. Seu rosto era bonito, com traços da maxila de Wesley, mais interessante por estar abatido. Apesar de ter observado com atenção a jovem, não chegou a uma conclusão a seu respeito.

Ao voltarem para casa, Rosie disse:

– Definitivamente é uma mensagem, sua mãe reclinada daquele modo no sofá.

– Nunca a vi assim – admitiu Wesley.

– Ela é menor do que eu pensava. Gostei dela. Ainda está sem falar com a amiga, a viúva negra?

Virginia Kentridge? No espaço de uma noite ela mudou de humor três ou quatro vezes. Insistiu o tempo todo em atraí-lo; queria que ficasse lá. Virginia levava isso a sério. Durante o dia ela não entendia por que ele não poderia estar em sua casa, mas quando ele a visitava sua mente divagava. Sua presença grande na casa, dentro dela, era quase suficiente, porque não conversavam muito. Às vezes era despudorada. Sua respiração arquejante ficava úmida quando ela puxava a cabeça dele entre suas pernas, como se não houvesse muito tempo.

Wesley sentia-se confuso. Era um assunto que não podia discutir com Rosie, e como um sinal de perda de interesse ele era especialmente atencioso com Virginia, e sua reação feliz o confundia ainda mais.

Com certa dificuldade descobriu onde Sheldrake morava. Vivia perto do hospital, em Forbes Street, num apartamento térreo de um só cômodo em um prédio marrom sem portão trancado. Hendrik mantinha a porta aberta, para estimular as pessoas a entrarem.

Quando Wesley bateu na porta e pôs a cabeça dentro do apartamento, ele não demonstrou surpresa.

– Isso é muito gentil da sua parte. O resto daqueles idiotas não deu a mínima.

– Eles pediram para lhe dar um alô.

– Nada espero deles.

Vestido com um pijama de flanela típico do Woolworths, Sheldrake estava deitado na cama, com um lençol cobrindo o ventre imenso que aquecia o quarto inteiro.

– Está tudo aqui – disse, dando uma cotovelada no abdome.

– Correndo com uma fúria assassina enquanto eu falo. Na região do estômago. No intestino, fígado, pulmões. Não há nada a fazer. Tenho me sentido um pouco cansado, só isso.

Wesley sentiu que no hospital o banco longo de Sheldrake teria sido desconfortável.

No dia seguinte, Sheldrake era aguardado no hospital.

– Sente-se!

E Wesley também sorriu ao lembrar a história recente deles.

Todos tentavam ser engraçados, mas Wesley queria ficar sério. Quando o visitou, não tinha certeza do motivo que o levara lá. Olhou ao redor do quarto. Em um canto havia uma ótima seleção de revistas novas. Numa estante viu um dicionário Oxford conciso e uma enciclopédia presos por uma tira de borracha amarelo-avermelhada. Em cima, numa moldura dourada, havia uma fotografia de uma cena realista de um lago espelhado rodeado por neve e pinheiros.

– Diga alguma coisa que eu não saiba.

Wesley sempre gostara dessa característica de Sheldrake, esse homem corpulento, agora com dificuldade de respirar. Não foi Schopenhauer que pusera uma moeda de ouro todos os dias na mesa do café enquanto almoçava, para encorajar um dos espectadores tolos a dizer algo, qualquer coisa que poderia interessá-lo? (E uns vigaristas? Ninguém.)

– Quer que eu faça chá, ou outra coisa?

Sheldrake fez sinal que não e olhou para o teto.

– E quanto à dor?

– Isso eu já sei.

– Eu não tenho muita experiência sobre dor. – Virginia teria dito imediatamente: "Bata na madeira!"

– Então, você tem algo a aprender.

Wesley queria saber se ele sentia medo. O que significa estar vivo, nos dois pés, e saber que em breve morreria.

Em vez disso, levantou-se para examinar as paredes cobertas por páginas impressas, paredes manchadas por colunas de palavras, de frases.

–Você está olhando para a Sagrada Escritura – disse Sheldrake, virando a cabeça. – Caso se interesse.

Ele jamais pensara que Sheldrake fosse religioso.

– Eu a colei na parede como um *aide mémoire*. Você sabe o que é um *aide mémoire*?

Wesley ficou calado.

– Eu não sei o que é pior, o Velho Testamento ou o Novo – falou Sheldrake em voz alta. – Eu colei esse texto na parede caso esquecesse a conversa fiada que é tudo isso. Queria me lembrar todos os dias. Pegue um versículo, qualquer um e leia. Você percebe aonde quero chegar?

Agora o círculo de cabelo louro parecia um halo prostrado quando ele teve um espasmo de tosse, cuspiu e ficou vermelho.

– Estou sendo punido. – Tentou rir, o que o fez tossir mais.

– Eu ia dizer – falou Wesley ainda de pé – que a acumulação de fatos nem sempre acrescenta muito.

Será que esse homem sozinho embaixo do lençol tinha uma mulher em algum lugar? Alguns filhos descartados ao longo da vida? Ou um irmão ovelha negra tentando plantar café em Nova Guiné? Uma irmã mais nova em Bankstown criando sozinha três garotos depois que o pai foi assassinado com um tiro?

– Você tem uma personalidade reflexiva, percebi – disse Sheldrake, escolhendo suas palavras. – Possivelmente é mais inteligente que eu. Eu não me importava com o hospital. O trabalho era bom... sentar por ali, conversando à luz do sol. Eu gostava disso.

Wesley esperou até que o homem corpulento fechasse os olhos.

– Obrigado, obrigado. Agora vou descansar.

Hendrik Sheldrake permaneceria um pequeno nó elucidado na vida de Antill, mas ininteligível.

Logo depois que ele morreu no hospital, Wesley encontrou a mãe caída no chão ao lado do sofá, com a televisão ligada. Após telefonar para o pai, Wesley sentou-se à janela com a vista para o jardim botânico e consultou os filósofos para explicar a perturbação, ou na verdade o primeiro choque de sua vida. Só mais tarde conseguiu as respostas. Em vez de ser confortado por Rosie, foi Wesley quem a apoiou, consolando-a, e pela primeira vez introduzindo-se, de modo agitado, nos movimentos imediatos da vida deles; cada vez mais.

Rosie tocou no nariz dele com o dedo mindinho.

– O que você está pensando?

– Ainda não sei.

Ele pensou que chegara o momento de enrijecer-se. Parte da atração pela suavidade era o sentimento envolvente de falta de nitidez, ao passo que ele queria preservar o mais possível o contorno de sua individualidade. Por conseguinte, pensou que sua compreensão dos mais sérios de todos os assuntos, a filosofia, ficara cada vez mais fora do alcance. Era uma miscelânea de pensamentos de diversas pessoas. As complicações locais, reações, perplexidades vinham de todas as direções. Sem dúvida, a morte de alguém próximo provoca uma forma de rigidez. A morte de um parente representa um momento de mudança. Ele se transformara numa pessoa diferente. Já começava a olhar o mundo de outro modo. E havia muito tempo só pensava com clareza no que estava escrito numa página, e não diretamente na vida diante dele.

Wesley não respondeu os telefonemas de Virginia. Ela ia ao seu apartamento e tocava com insistência a campainha com o dedo fino. Se tivesse uma pedra, jogaria na janela.

Enviou um cartão pelo correio. "Você é uma pessoa séria, ou não?"

Ela estava certa. Porém em algumas situações ele não conseguia agir melhor. Escreveu: "Sinto muito." Logo acrescentou: "Está na hora de partir."

Depois, com Rosie, começou a se comportar furtivamente. Suas palavras não eram precisas o suficiente. No entanto, ao tentar ser verdadeiro consigo mesmo, achou que tinha a melhor das intenções, embora não tivesse certeza do rumo que tomaria.

Diversas vezes ele disse, com firmeza e cautela, que manteria contato.

18

OS MAIORES dos grandes filósofos levaram uma vida solitária, uma vida de relativa simplicidade, morando sozinhos e, nesse sentido, com uma vida dura, só a vela na mesa, ao passo que o fundador da psicanálise e seus discípulos e rivais casaram-se, tiveram filhos e jardins que propiciaram o calor e a intimidade de uma vida amena. A filosofia interessa-se pelo silêncio. O psicanalista é atraído por outra pessoa, por palavras que se encadeiam; está preparado a estimular as frases horizontais com pausas, o ruído ligeiro do tráfico do lado de fora, o grito de alguém na rua. Pense nesses conduítes com suas roupas confortáveis; depois de ouvir em intervalos regulares uma procissão de pessoas refletindo em voz alta acerca de si mesmas, eles voltavam para casa à noite e deparavam-se com mais palavras, mais gritos para chamar atenção, onde se esperava que não aplicasse o entendimento comum do dia a dia, e sim uma compreensão adicional singular.

Cada vez mais, Sydney parece uma fábrica de palavras, pelo modo como produz palavras formuladas suplementares.

Os psicanalistas não viram necessidade de ter consultórios longe da cidade (Sydney). Uma superposição de vozes e distrações que separavam os habitantes da cidade de seu ego natural, que, por sua vez, agravava as obstruções, perplexidades, as fobias específicas, que precisavam ser tratadas. Foram os filósofos que manifestaram uma inclinação por regiões pastoris, quase sempre nas montanhas. Havia uma longa história sobre isso; muitos nomes notáveis escondendo-se. E o que aconteceu? Esses locais remotos escolhidos pelos filósofos como seus "mundos de trabalho" atraíam a curiosidade e o respeito dos moradores da cidade, que enfeitavam as cabanas desconfortáveis e longínquas, as torres, as florestas e os lagos, até que os filósofos ficassem ainda mais isolados e congelados numa aura de mito.

As "idas e vindas" das estações, a mensagem sólida da geologia e acima de tudo a ausência de vozes oferecem um sentimento de proximidade com a natureza original das coisas, o início em que uma explicação pode ser elaborada. Nas montanhas, em especial, um filósofo pode ser visto como uma força natural.

19

No terceiro ou quarto dia, Erica entrou no pequeno galpão.

O dia já estava quente.

Por não ter nunca entrado no galpão ela ficou perto da porta, sem saber o que fazer em seguida.

O ar estava pesado com o cheiro de lã, tão pesado que a rodeou e começou a acariciá-la. Erica sentiu que se ficasse lá por algum tempo sua pele melhoraria.

Alguns punhados de lã haviam sido deixados no chão. A luz incidia através dos buracos nas paredes de zinco, como se o lugar tivesse sido atingido por tiros, e fendas dilaceradas aqui e acolá permitiam também a passagem da luz, assim como criavam os desenhos prateados irregulares no chão e nas paredes opostas. De outro modo, o espaço era sombrio.

Demorou um momento para ajustar-se à luz.

Uma saca de trigo fora pregada sobre a janela mais próxima. Na extremidade do galpão, outra janela iluminava um canto onde havia uma mesa, uma cadeira e prateleiras com pilhas de papéis. Na mesa havia páginas manuscritas, e a brancura dessas páginas brilhava em fragmentos e reluzia o canto quase eletricamente. Outras folhas de papel brancas pareciam esvoaçar.

Erica deu um passo à frente. Depois caminhou para a escrivaninha de Wesley Antill. Embaixo da janela havia um sofá feito de crina e uma manta; pela janela viu o terreno inclinando-se em direção a uma colina.

Sentou-se na cadeira de Antill. Ao seu alcance havia uma bandeja com o formato de um livro novo e, perto, páginas escritas, algumas a lápis, e um bloco de anotações. A caneta-tinteiro preta fabricada na Alemanha; deveria haver um tinteiro em algum lugar. Não havia muitos outros objetos: um apontador de lápis preso à mesa, um pires com clipes e borrachas, e um pequeno relógio de viagem (com algarismos romanos) num estojo de couro. Também sobre a mesa havia uma garrafa de molho de tomate quase no final, os restos agarrados no interior, como os remanescentes do Império Britânico em um mapa. A garrafa de molho realçou a atmosfera de uma banalidade quase brutal, de tal modo que Erica imaginou o filósofo de cuecas, macilento, os braços bronzeados até os cotovelos, sempre voraz. E pensou de novo, a fim de refletir com mais profundidade, se era necessário viver e trabalhar num ambiente tão árido.

Levantou-se, rodeou a mesa e tocou nas páginas das pilhas soltas nas estantes. Lá também havia folhas escritas à mão. Ainda mais empilhadas no chão; sem dúvida inícios errados ou imperfeitos, ou ideias fora do caminho escolhido. Calculou que seriam centenas de páginas. Erica notou que estava em pé sobre as páginas descartadas no chão. Voltou à mesa. Estranho, sentar onde ele sentara. Pôs os cotovelos na mesa. As páginas à sua frente deveriam ser as que Antill trabalhava quando morreu, o Filho Pródigo. Mas ela não as conseguia olhar. Antes de iniciar qualquer coisa ela teria de achar o começo entre os papéis.

Ela se inclinou para trás e olhou em torno. O galpão tinha a tranquilidade adicional de um lugar onde o trabalho e o equipamento bem lubrificado foram abandonados. Só então ela olhou com atenção umas páginas presas num cordão, como lenços pendurados para secar.

Antill escrevera com tinta azul premissas para estimulá-lo. Da escrivaninha bastava virar um pouco a cabeça para vê-las.

Começar com nada, começar de novo.

A seguir, *Nada para pensar, mas deixe o pensamento chegar.* Essas páginas estavam presas por prendedores de várias cores, *Pensamentos áridos.*

Em um pedaço menor de papel amarelado e rasgado do caderno de anotações, escrevera: *Sem hesitação, nenhuma. De outro modo...*

Na folha mais próxima suspensa viu um trecho escrito com uma letra grande de um texto que reconheceu. É evidente, para Wesley Antill a tarefa de um filósofo podia ser resumida assim: a filosofia era *uma confissão da parte do autor, uma espécie de lembrança involuntária e inconsciente.*

Era uma citação que o professor Thursk no salão de conferências ou no quadrilátero gostava de refutar com um risinho bem-humorado ("este velho carvalho"), assim como fazia com qualquer coisa alemã, ou quase alemã. Isso foi o suficiente para que Erica pensasse que talvez houvesse algo relacionado a esse fato. E agora lá estava pendurado em um pedaço de papel num galpão.

Erica não ouviu a chegada de Roger Antill.

– Já conseguiu entender algo nesses papéis?

– Você poderia não me interromper? Estou pensando.

Erica retraiu-se com seu tom áspero. Estava transformando-se numa mulher rígida, um tipo brusco, metódico e cada vez mais dogmático, e quem iria incomodar-se com isso? Combinava com seu rosto que ela achava muito pequeno? Pensou por que desenvolvera esse lado duro e como ele era desnecessário. Roger Antill não era má pessoa; e era dono do galpão.

Como se nada houvesse acontecido ele se dirigiu para as prateleiras.

— Ele era muito inteligente. Nosso irmão tinha grande capacidade intelectual. Conseguia concentrar-se. Nada interrompia seu caminho. Vi casos similares com bons reprodutores de lã, bem-sucedidos, e o velho húngaro que gerencia o correio da cidade, ele fotografa todos os pássaros que pousam em sua cerca atrás da casa. Determinado. Exceto que Wes tinha um cérebro privilegiado, sem dúvida. Uma pessoa pode usar demais o cérebro? Ele não dava descanso ao seu intelecto. Minha irmã me pediu para saber se precisa de alguma coisa. Existe um bule de chá em algum lugar aqui.

Antes que ela respondesse, caminhou em silêncio para a janela, de costas para ela e, por isso, ela se calou.

Depois do modo como falara, Erica não sabia o que dizer. Não conseguia parar de pensar em si mesma.

— Havia eucaliptos aqui, um bonito arvoredo vermelho. Ele não queria vê-los quando trabalhava, como nos contou. Cortou-os com uma serra elétrica. Eu o ajudei.

"Ele não tinha nada contra eucaliptos, embora fizessem pouca sombra, o motivo é não queria distrações. Eles lhe lembravam demais onde estava."

Por uns cinco minutos nenhum dos dois falou.

— Wes era diferente de todas as pessoas que conheci.

Virou-se da janela.

— Se você não for sensata, poderá ficar sentada aqui pelos próximos vinte anos tentando entendê-lo. Como seria isso?

Um ceticismo casual e defensivo apertara sua boca, não de modo desagradável. E fora do hábito local inclinou-se e pegou um pedaço velho de madeira e mediu-o entre os dedos.

— Você poderia levar isso, por favor? — disse Erica apontando para a garrafa de molho de tomate. — Sinto-me infeliz ao olhar para ela.

Como sempre estava de botas e com as calças empoeiradas; e, antes que ela pudesse dizer algo, ele partiu.

As horas passaram silenciosas na escuridão perfurada de luz. É claro que a cadeira do filósofo tem de ser de madeira dura. De vez em quando ia até a janela e olhava a paisagem sem árvores, novos brotos haviam nascido nos tocos e no espaço entre eles. Por volta da hora do almoço, Erica saiu e parou perto da varanda. Esticou os braços acima da cabeça e olhou a meia distância e mais adiante. Falou em voz alta "Que enorme paisagem." Quando contemplou sua amplidão, Erica, habitante de Sydney – uma cidade vertical –, com algumas ondulações irregulares, brilho azul, tentou entender por que sentia uma afinidade pela paisagem: "uma progressão natural", decidiu. As lentas subidas e as circularidades. Os padrões eram graduais, sem calcários aflorando, desfiladeiros, rios, nenhum trecho de grama verde; nem linhas pretas pronunciadas. A graduação é infinita.

Essa antiga área de terra árida diante dela era familiar, o que diminuía a apreensão de Erica em relação às páginas, o suficiente para ela sentir um fluir de contentamento, que remontava à familiaridade de umas poucas pessoas e lugares em Sydney.

– Aí está você – falou Sophie sentada na cozinha.

Também sentada à mesa, Lindsey deu um sorriso de boas-vindas que alongou seu rosto, seu aspecto de caixa de sapato.

– Decidi algo – disse Erica, sentindo-se inquieta. – Sou muito analítica. Percebi isso.

– Esse é meu departamento – revidou Sophie. – É exatamente como eu sou! Sempre torno uma situação mais complexa do que precisa ser. Todos os tipos de questões laterais se inserem na equação que é simples e se defrontam diante de mim. Não param de causar problemas.

O palestrante bem casado, o das meias de lã inglesas, é um exemplo recente.

Erica viu a garrafa de molho de tomate na mesa. Mesmo na cozinha, refletia uma vida banal e estéril, de uma fome satisfeita, o gesto de limpar o prato com o polegar ou um pedaço de pão;

inconscientemente sua mão pegou-a e a colocou no guarda-louça, fora de vista.

– Eu interfiro em minha mente e muito cedo – insistiu Erica. – É involuntário. Ao reduzir um argumento eu reduzo a pessoa. Percebo quando estou me tornando rígida. A última coisa que queria era que isso se perpetuasse. Acho que seu irmão – disse olhando para Lindsey – pensa isso sobre mim.

– Esse é o motivo de estarmos sentadas aqui, nós três? – falou Sophie rindo. Ela não trocara mais que seis palavras com qualquer que seja seu nome, o irmão. Onde ele estava agora?

Lindsey ficara olhando para Erica.

– Roger? Ele não perceberia. Nesse aspecto ele é cego como um morcego. É incorrigível.

A maneira como as irmãs rejeitam (com afeto) seus pobres irmãos e vice-versa.

– Eu vou melhorar – disse Erica, mais para si mesma. De novo, examinou se parecera severa falando com os dentes rangendo etc.

Sophie perguntou pelos papéis do filósofo.

O trabalho vai demorar mais do que algumas horas. Provavelmente semanas, Erica pensou, e a ideia não lhe desagradou.

Sophie franziu as sobrancelhas.

– Você já não os olhou? Preciso voltar logo para Sydney.

– Mas nós acabamos de chegar, não é?

Nesse momento o celular tocou e Sophie correu para pegá-lo na enorme bolsa, praguejando enquanto tentava encontrá-lo.

– Oi, pai? Tudo bem?

Ela foi conversar na varanda. Isso permitiu a Erica fazer perguntas meticulosas a Lindsey sobre os irmãos, esperando antecipar o que seria em breve a "memória inconsciente" do filósofo, se é que houvesse. As mínimas informações acrescentavam, ou davam vida, à imagem. Wesley comia um ovo quente e um pedaço de presunto no almoço, e recebia pelo correio, no primeiro dia do mês, pequenos pacotes de chá verde de Chinatown, em

Sydney. Ele bebia o chá numa xícara pequena; qualquer pessoa poderia pensar que ele fora à China. Depois Erica perguntou por Roger. Enquanto conversavam ela notou que Sophie a olhava pela janela.

Com uma expressão perplexa, Sophie entrou na cozinha e passou o celular para Erica.

– Ele não quer conversar comigo. Quer falar com você.

20

Cada um e todos os talvez e possível, por um lado e pelo outro, sim, mas, junto com os se, por acaso, os imprescindíveis desnecessários, embora produzissem uma aparência de tolerância e abstração que o fazia parecer atraente aos olhos dos outros, disseminaram-se e minaram as fundações casuais das opiniões de Wesley Antill. Espere, deixe-me pensar. (Ele falava para si mesmo.) Falta de precisão, isto é, como ser você mesmo, *o mais possível*, expandia seu domínio; a incerteza não causava problemas, a confusão sim.

As complicações do cotidiano aumentavam a confusão, como se a sra. Kentridge vestida de preto e a intimidade mais suave, porém não menos exigente de Rosie Steig, tivessem sido postas lado a lado para ocupar e desviar seus pensamentos.

E quando Wesley iniciou suas viagens carregando a mala da mãe, e pela primeira vez na vida pisando num terreno estrangeiro, ele escolheu uma cidade que não era conhecida como um centro da filosofia; na verdade pouca contribuição tinha a dar. Antill poderia ter ido direto para Edimburgo, Amsterdã, Copenhague, Paris, ou algumas cidades e vilarejos alemães, ou Atenas.

Ele escolheu Londres, sem intenção de permanecer muito tempo.

No trem de Heathrow, Antill olhou os parques verdes brilhantes e os pátios das casas estreitas, o tráfego lento nas ruas, carros pequenos, caminhonetes, e pessoas esperando nas plataformas antes de entrar no metrô a caminho do trabalho. Casas de ardósia ou amarronzadas desdobravam-se diante dele. Ele poderia ficar impune lá. Quanto mais longe ia, sem conhecer ninguém, mais anônimo se sentia.

O primeiro hotel era quase contíguo à Biblioteca Nacional. Após uma noite insone, ele saiu e percebeu que tentara dormir à sombra de centenas de toneladas de papel, de milhões, ou trilhões, de palavras impressas que nunca paravam. Essas descrições desesperadas, classificações, explicações e parelhas de versos sob um único teto. Isso não era o que queria. Saiu de outro hotel na W2 por causa dos lençóis de náilon. Cheiro de gás em outro. Eram pequenos desconfortos. E ele não reclamava. Wesley maravilhou-se com o café da manhã prático, os ovos fritos feitos com rara habilidade, uma especialidade dos ingleses. Ele mudava de hotel sem cessar. Era uma maneira de dominar a enorme massa da cidade. Alugou quartos em pensões, Kensington, Golder's Green, Putney, Clapham, Kensal Rise – e mudava-se. Uma sucessão de senhorios, senhor, que exagero, e a típica senhoria vigilante com o pescoço enrugado e o nariz empoado. Para eles suas posses no mundo pareciam estar contidas na mala de couro elegante de tamanho médio (Simpson de Piccadilly?) examinada pelas senhorias, e sem perceber Antill recebia uma atenção extra.

Ele escreveu para Lindsey, não a fim de comentar o usual sobre a Inglaterra e Londres, mas por conhecer a irmã que escrevia para ele e o esperava na fazenda em New South Wales, descrevia o tempo porque ela se interessava por chuvas fortes, quaisquer que fossem.

"São os primeiros dias, eu sei, mas ainda não choveu muito. Espero que o frio chegue e não diria que faz frio." Ele não contou que o frio era mortal.

Sentado num ônibus ou num banco ao ar livre, pensava em Rosie – aleatoriamente, em sua voz, na maneira como se posicionava no mundo, no calor de seu corpo. Por ter partido às pressas de Sydney ele menosprezara sua dedicação e pensava em trazê-la para se reunir a ele. Mas logo decidiu permanecer firme e continuar sozinho seu caminho nessa imensidão impenetrável e suja.

Isso logo se exauriu. Ele estava no caminho da fuga. Perto demais da linha do trem. Ouvia através das paredes um motorista repreender severamente os passageiros enquanto dormia. O barulho do rádio e da televisão. O pátio de pedras em Blackfriars deve ter sido estrebarias um dia. O bebê chorava. Muitos casais em cômodos vizinhos brigando aos gritos. O porão do terraço da casa Nash. As antigas cavalariças transformadas em casas perto de Westminster. Alguém que adoecia. Ele pensava em que se encaixava. Isso não era importante? Que umidade terrível. E o som da voz do comediante ensaiando sua fala em Cleveland Square, pigarreando e recomeçando? As pessoas mais afetuosas queriam fazer amizades. E era difícil evitar a música. As ruas diferentes, os diversos rostos pálidos e ásperos. Já se passara mais de um ano. Mudar de um lugar para outro impedia que ele pensasse, pelo menos não de modo decidido e direto; ao mesmo tempo acreditava que vivenciava a aparente complexidade do local. Ele estava "encontrando seu caminho ao andar", informou à irmã.

Por fim, Wesley instalou-se num apartamento no terceiro andar de um prédio localizado num semicírculo pouco antes de Shepherd's Bush. O prédio ao lado era ocupado por um pintor de fama internacional, cujas telas consistiam em listras, na maioria horizontais, de cores variadas. Essa pintura dependia muito de uma mão firme. Assim, as salas em todos os andares da casa do pintor tinham uma luz fluorescente, a única a ter essa luz no semicírculo, uma espécie de farol sempre brilhando numa extremidade.

Ele andava à noite também, como fazia em Sydney – o filósofo das ruas.

Comprou sapatos de couro à prova d'água e um guarda-chuva automático caro.

Em Holland Park Avenue, oposto ao consulado da Rússia, Wesley estendeu a mão para fazer festinha num dálmata, e o cachorro o mordeu. Uma mulher baixa e corpulenta vestida com um moletom preto aproximou-se, muito confiante. Com o corpo em forma de violoncelo, passinhos curtos, ela tinha olhos lamurientos. Wesley também viu o cabelo preto que caía como uma cauda de cavalo até o meio das costas, e Wesley, por ser do campo, esperou que desse uma sacudidela abrupta, como faria para espantar um inseto incômodo.

– Ela pode ser animada demais. Você machucou a mão?

Quando Wesley enrolou o lenço na mão, saiu um pouco de sangue. Entre eles, a cadela inclinou-se para frente ofegando, com a língua de fora.

Para Wesley não havia problemas. Ele olhou para a mulher.

– Quem é você?

Sérvia, grega ou russa; bem distante dos ingleses, de qualquer modo. E depois sua voz:

– Esse é meu cachorro.

– Eu quero dizer, quem é você?

O quê? Não estava claro para ele o que queria saber. Era como se ambos esperassem que ele dissesse algo de improviso e engraçado, como hidrofobia, por exemplo; poderia tentar um desmaio falso, revirar os olhos antes de cair como uma pilha na calçada. Mas ele não era dado a representações teatrais, e via o lado divertido sob o ângulo de uma piada de uma só linha; isso nunca se fixara nele. "Temos um relacionamento aberto com sangue", lhe ocorreu. "Ao passo que com os homens, não temos." Algo nessa direção.

Ela mal olhou sua mão.

— Creio que não precisa chamar uma ambulância — falou, sem querer parecer engraçado.

Eles tomaram um café e depois outro, num bar. Esses olhos ligeiramente insatisfeitos eram preocupantes. Wesley achou que ela devia ter quase quarenta anos. Depois, ele foi ao correio para lhe explicar o motivo dos envelopes aéreos. E assim pôde descrever o trabalho dos cachorros numa fazenda de carneiros. Também mencionou a irmã e contou que a mãe havia morrido recentemente.

Embora tivesse dito que era casada, ela o convidou para ir à sua casa. Era uma casa alta e branca logo abaixo da estrada, à esquerda de uma pequena praça ajardinada. A casa, segundo a placa acima do alarme contra ladrões, era o lugar onde um dos primeiros e maiores exploradores australianos viveu, categoria em que Wesley se encaixava, ou melhor, fazia uma terna referência a isso, disse depois de retirar o moletom dela. Isso foi suficiente para provocar nessa mulher robusta e saudável, cuja expressão em geral não variava muito, estremecimentos de quase um riso.

Após muitas tardes passadas na casa, Wesley Antill esqueceu qual fora a mão mordida e, em alguns momentos ocasionais, examinava as palmas das mãos e dobrava os dedos sem necessidade.

Finalmente, perguntou:

— Seu cachorro me mordeu?

Wesley não fazia muitas perguntas. Quanto menos soubesse mais aumentava sua chance de pensar com clareza. E ela não parecia importar-se com sua falta de curiosidade. Sabia que esse caso acabaria em breve. A situação era explícita.

Uma tarde ela levantou-se e disse que o marido chegara em casa mais cedo e, como numa comédia do Ealing Studios, Antill saiu pelo portão de trás para um beco, onde mancando enfiou as calças e pôs os sapatos. Um incidente pouco importante, mas que poderia ter sido desagradável. O caso fez com que Antill se questionasse sobre o que estava fazendo consigo mesmo, como passava seu tempo, estava sendo sério?

    Era a solidão de uma grande cidade. E tudo que fazia era explorá-la, ou antes, tolerá-la. Antill sentiu que não precisava da companhia de ninguém. Havia traços de sua personalidade que ele preferia guardar para si, sem ainda saber quais eram. Do mesmo modo ele raramente mencionava seus pensamentos. Grande parte das conversas era motivada pelo fato de falar, só porque alguém falara, de obedecer a algum instinto de preencher as lacunas, de acrescentar algo que já fora dito, ou pela vontade de fazer uma brincadeira ou contar uma piada para que as pessoas rissem muito e batessem palmas (embora só uma quantidade ínfima do que é dito é memorável). Hora após hora Antill praticava sentado no quarto, esvaziando a mente de todos os pensamentos. Preparando a mente para algo: começava a ter essa sensação. Para piorar a situação, o quarto só tinha duas peças, uma cadeira e uma mesa pequena marrom manchada. Um fumante fora o inquilino anterior e o contorno desbotado de um crucifixo mostrava onde o haviam pendurado na parede escura.

    Lindsey enviou uma carta a Rosie Steig, ainda para o mesmo endereço em Sydney. Isso foi logo depois que Wesley começara a conversar na calçada com o carteiro local, que fazia as entregas a pé, "entrega individual", como dizia, apesar de mais cansativa, e Wesley passou a ter conversas diárias com ele. Olhando pela janela para o semicírculo, ele esperava a figura alta uniformizada aparecer numa extremidade, onde ele o encontrava e andava ao seu lado até o restante das entregas, feliz por deixar o carteiro falar. Wesley nunca vira um carteiro tão alto como esse que conheceu em Londres, Lyell, que não só era o único a falar, como falava aos borbotões, quando os carteiros em geral eram lacônicos, o oposto dele, que talvez falasse tanto por passar os dias de trabalho entregando palavras. Algumas vezes a pressão revelava-se. Havia tribunais regulares onde um carteiro de aparência gentil era julgado culpado por guardar em seu quarto milhares de cartas fechadas, que supostamente deveria ter entregado. Na Macleay Street, em Sydney, o carteiro idoso, Brian, usava short azul-marinho no verão e no inverno, e fumava um cigarro mesmo sob a chuva forte do mês de abril; uma figura inclinada para frente, ouvindo partida de críquete num transistor escondido entre os envelopes. Por um acaso feliz ele fazia um aceno com a cabeça, ou dava "bom-dia" a alguém e nada mais.

Wesley percebeu como Lyell tinha de concentrar-se, ou entrar numa espécie de esquema mecânico, combinando números com movimentos das mãos, ao mudar de um endereço para outro, enquanto seu eu pensante continuava a falar. Ele era um "carteiro de carreira", disse, sem sorrir. "Ponha esse no 23." Ao contrário das opiniões capciosas emitidas com desembaraço pelos motoristas de táxi, que são absorvidas como uma verdade indiscutível de jornalistas visitantes do mundo inteiro, como se o mundo pudesse ser visto ou resumido através do para-brisa, Lyell não dava opiniões, exceto no início, quando disse que era um homem de sorte, que seu trabalho era o melhor do mundo. "Aqui estou", falou ao entregar um aerograma a Wesley, "sob o céu aberto conversando com você. E sendo pago por isso". Essas pequenas declarações, que pareciam aforismos, era o mais perto que se aproximava de dar uma opinião, imperfeita, inculta, incompleta. Havia descrições – do que via à sua frente, de objetos comuns.

Uma cadeira de jantar quebrada fora abandonada na calçada; Lyell lembrava com detalhes as diferentes cadeiras que possuíra, e outras em que sentara que não eram dele. A poltrona com desenhos cor-de-rosa de seus pais tinha uma largura especial. O rangido, o suspiro, o sussurro, ou nada – os distintos ruídos das cadeiras. Com frequência se lembrava da cadeira, mas não da pessoa que estava sentada. Aquelas com o estofado volumoso tinham reentrâncias marcadas por botões, como o umbigo da tia Sharon (certa vez fizera uma asneira e entrara em seu quarto quando ela estava de pé nua). Em uma sexta-feira de Páscoa, viu uma briga de rua em Notting Hill entre dois indianos usando cadeiras de aço. O solilóquio a respeito da cadeira demorou toda a entrega. Na manhã seguinte ele continuou, porque lembrara de outras. "Eu tenho recordações afetivas de todas as cadeiras."

Pessoas com letras diferentes era outro assunto. E os nomes que as pessoas dão aos seus pobres filhos, como estão escritos no envelope, olhe. Um homem caminhando em direção a eles fez Lyell se lembrar do irmão. Ele descreveu suas bochechas protuberantes, a palidez por ser vegetariano, as orelhas e mãos pequenas, sua sensibilidade ao frio, um marceneiro que ia à igreja de tijolos creme de um certo tipo de seita, casado e com três filhos, o mais novo com uma gagueira sem remédio. Enquanto o carteiro falava, ele dava correspondências a Wesley para entregar, que ainda ouvindo fazia pequenas corridas a um porão em meio a gatos e latas de lixo, ou subia três degraus de um só lance para alcançar a fenda de latão horizontal numa porta. Juntos terminavam as entregas cedo e tomavam uma xícara de chá no café Shepherd's Bush, aquele com a vidraça perspirante.

Lyell falava dos outros carteiros. Segundo ele, muitos eram filósofos. Um em particular citava o "Sr. Platão" quase de cor, do mesmo modo que os cristãos devotos repetem de memória capítulos inteiros da Bíblia, e os mulçumanos do livro deles. Outro, com o cabelo fino preso num rabo de cavalo, colecionava edições raras de D. H. Lawrence depois de ter pegado uma cópia de *The Rainbow* na sarjeta. Os poetas eram uma fonte da filosofia. Alguns carteiros escreviam poesia. Enquanto faziam entregas, eles podiam ser vistos movendo os lábios e franzindo a testa, disse a Wesley, o que significava que compunham à medida que andavam. Outros que conhecera eram especialistas em grandes narradores, como William Wordsworth; um neozelandês os apresentara a James K. Baxter, um poeta que fora carteiro em Wellington!

Embora Antill não precisasse trabalhar, pensou seriamente em se tornar carteiro.

Essas manhãs nas ruas, ao lado do carteiro alto, suado e conversador, entregando-lhe cartas e pequenos pacotes em intervalos regulares para continuar a falar, ou melhor, descrever com detalhes as coisas, prolongaram-se por meses. Wesley tinha uma vaga consciência de estar sendo atraído por extremistas.

O exemplo dado diariamente por esse carteiro metódico estimulou um retorno à reflexão. Em vez de uma busca aleatória, Wesley via nessa colcha de retalhos de descrições uma base firme, palavras adequadas só para o que poderia ser visto. Era um édito simples o suficiente; um que sempre existira.

Pela janela ele antecipava como de hábito o que o carteiro falaria. "Vamos, Lyell." Olhou o relógio. Seu amigo nunca se atrasava.

Uma figura menor apareceu na entrada do semicírculo, inclinando-se na frente de cada endereço, depois dando um salto para trás como se estivesse preso por barbantes. Não possuía nada da fluência inconsciente de Lyell.

Wesley encontrou-o na rua – um indiano magro usando sapatos de couro castanho-amarelados com o uniforme.

– Eles o despediram – explicou em voz alta. – Ele foi embora. Alguém por aqui fazia o trabalho para ele, apesar de todos os regulamentos escritos. Dá licença agora.

Dos seus anos em Londres, só poucas das centenas de pessoas que encontrou deixaram uma impressão. Ele passava por elas, deixava-as para trás, assim como fazia com as situações. E essa era uma reação semelhante das pessoas que passavam por ele. Se alguém soubesse que Wesley Antill, de Sydney, com quem haviam encontrado ou transado em tal e tal dia, tornara-se um filósofo, aqueles que se lembravam dele ficariam surpresos. Sobretudo com os homens ele deixou pouco ou nenhum traço.

Sua maneira de "elaborar o pensamento", de acordo com sua descrição, consistia em continuar a perambular e absorver as informações. Permanecer aberto e preencher o vazio. No trem para Bath, um jovem francês com uma caixa de violino nos joelhos falou da transformação da natureza em arte. A arte, por ser humana, é imperfeita e, por isso, tem poder, disse o francês com um sorriso. Antill gostou da conversa e pensou em vê-lo mais, talvez ficar seu amigo, porém não descobriu seu endereço. As mulheres eram como cidades pequenas: surpreendê-las, rodear-se com a aparência agradável delas, mas sem a ajuda de direções até deparar com becos sem saída inesperados; e recomeçar tudo de novo, em qualquer lugar. Adiante de Cotswolds havia um vilarejo branco modesto e bem tratado, mais calmo que uma cidade, com uma curva e uma bifurcação na rua principal, onde uma mão estendeu-se para pedir ao forasteiro que diminuísse a velocidade, ou até mesmo parasse, o que ela justamente fez com ele. Houve um tumulto em torno. Mulheres tranquilas esperavam para rir; várias pessoas não tão confiáveis; homens surgindo de repente com suas brincadeiras desajeitadas, gracejos, escores de futebol e olhos revirados, antes de irem embora.

Em Londres, em Kentish Town, arrumou um emprego à noite para limpar escolas, não por causa do dinheiro. Queria usar as mãos. Distante do livro didático, ao lado de "barqueiro", ele se tornou jardineiro numa grande e escura igreja de pedra e do presbitério a uns trinta e dois quilômetros de Ledbury. As ervas daninhas haviam se apossado do cemitério da igreja. Depois de duas guerras mundiais, as lápides quase rodeavam a igreja. Enquanto retirava as ervas daninhas, ele via os pequenos e lentos movimentos das recordações. Pessoas idosas com chapéus elegantes, o buquê acanhado de flores. Suas outras obrigações incluíam sentar-se no banco da frente da igreja e ouvir o sermão ensaiado do pastor protestante aos domingos. "Conte-me, sim. E se apresse. Quero ouvir comentários." Seguido de chá.

As discussões teológicas não eram satisfatórias. Entre os convites para tornar-se pastor, o bom e desatento presbiteriano não tinha curiosidade além do domínio de uma ideia. Um cronograma de pequenos eventos poderia ter ajudado. Wesley sentiu pena de sua esposa silenciosa.

Wesley sentia-se canhestro com as roupas de trabalho. Não só suas mãos, mas também seus pensamentos estavam ficando rudes. E ele tentava dar um sentido a isso tudo, ao que vinha em sua direção, àquilo de que ele fazia parte. Uma dificuldade era seu isolamento em relação às pessoas próximas. Todos sentem isso em graus diferentes; ele sabia que o amor poderia diminuir o espaço vazio, reduzi-lo a quase nada. À medida que envelhecia ele sentia esse isolamento aumentar um pouco, porém o suficiente para afastá-lo, como se esses espaços irredutíveis entre as coisas na ampla e aberta paisagem em que crescera o tivessem contaminado, e nos quais ele via uma fonte de força. Não tinha certeza do que buscava nas mulheres.

Um movimento em algum lugar era quase impossível sem causar uma alteração em outro. Fazer o mínimo possível? Descrevia para a irmã e Rosie Steig suas diversas carreiras. Em Londres, ofereceu-se como voluntário para trabalhar numa cozinha que servia sopa à comunidade carente perto de um dos arcos de Charing Cross. Atendente de museu: outra possibilidade.

As duas mulheres, separadamente, o repreendiam; ele estava desperdiçando seus talentos, como sem dúvida poderia perceber. Em cartões-postais sucessivos ilustrando as características locais (trajes Tudor, uma jovem segurando um cesto de maçãs, Blackpool em um dia ensolarado), ele explicou a Rosie que não conseguia mais pensar continuamente, mesmo se quisesse; e como não podia, trabalhava com as mãos. Evitara cidades famosas por seus filósofos, contou a Rosie. Em Londres, as pessoas comuns na rua eram filósofos sem saberem. Talvez indicassem um caminho, disse a ela. Fez promessas, depois as quebrou.

21

ERICA TOMOU café da manhã sozinha, um "café da manhã pensativo". Roger Antill já partira. As louças e talheres de seu café da manhã estavam na pia. Foi ver a namorada na cidade, Erica pensou, sem primeiro considerar as tarefas próximas e distantes que esperavam o pastoreador e que o levaram a sair de casa. Erica pensou como alguém poderia ter essa despreocupação negligente com a pele do rosto. (Em contraste com o cabelo bem penteado.) Com um homem do campo, por causa das radiações excessivas, as rugas nos cantos dos olhos, conhecidas como "pés de galinha", seriam mais prováveis de surgirem por manter os olhos semicerrados todos os dias no sol, vento e chuva do que por rir ou sorrir o tempo inteiro. E a maneira descontraída de comportar-se com as mulheres seria resultado do fato de não se importar muito com elas. Seja polido; é tudo.

Como o irmão, Lindsey acordava cedo. Ouviam-se barulhos dela movendo-se pela casa; mas raramente aparecia antes das sete e meia. Sophie acordava mais tarde que os outros, era uma "pessoa noturna", quase sempre perdia o café da manhã e só bebia café.

Erica caminhou para o galpão de lã. Lá estava ele, o ferro cinza, uma umidade brilhante. E o ar limpo e frio suavizou sua pele. Virou-se. Diante dela viu a terra ressecada amarelada e opaca pontilhada de árvores, cujas sombras pareciam derramar tinta no solo, um alongamento geral, subidas e declives estendendo-se no horizonte, onde adquiriam contornos indefinidos cor de malva, uma parte iluminada pela luz do sol.

As mulheres estavam confortáveis dentro de casa, abrigadas com o calor matinal; o sr. Roger Antill fora para algum lugar e poderia voltar para almoçar ou tomar chá. E ela tinha uma manhã inteira no galpão silencioso, a fim de mergulhar nas páginas de filosofia. De todas as direções, mesmo da longínqua Sydney, ela recebia um fluxo leve de felicidade antecipada, tão incomum, mas forte e, então, parou e abriu a boca para preservá-lo.

Quando empurrou a porta do galpão, algumas páginas esvoaçaram com a corrente de ar. Erica entrou e sentou à mesa de Antill, rodeada por papéis. Dessa vez viu mais páginas caindo como uma cascata do sofá de crina. Ela sentiu outras sob seus pés e inclinou-se para pegá-las. Era uma questão de como começar. A menos que as pesquisas filosóficas de Antill consistissem em nada mais que hesitações longas, ou digressões que terminavam em pausas pulverizadas, fragmentos, ou notas. Deparar-se com uma dissertação madura, coesa e completa em suas pesquisas e conclusões, caso fosse possível, tornaria a viagem de Sydney e o tempo despendido proveitosos. Tudo estava à sua frente. Até o ponto que concernia Erica, existia uma história memorável de trabalhos filosóficos incompletos, sem mencionar as reviravoltas totais. Não conseguiu evitar pensar em seu trabalho.

A letra de Antill era grande, comum e inclinada, com muitos acréscimos, supressões, círculos, arcos, asteriscos. A tinta e o lápis foram usados alternadamente. Era difícil de ler. E enquanto as páginas nas prateleiras formavam pilhas retangulares de alturas diferentes, como uma maquete de um arquiteto para uma cidade de sonhos consistindo inteiramente em arranha-céus, essas páginas meio empilhadas e espalhadas na mesa indicavam que Antill trabalhava nelas no dia em que morreu. Elas tinham cantos dobrados pelo manuseio constante, com um salpico em uma das páginas que Erica imaginou ser molho de tomate.

Ela caminhou para as prateleiras e folheou algumas páginas para ver se a letra era melhor. Essas estavam escritas com tinta e tinham muitas linhas riscadas e parágrafos modificados, acréscimos, círculos, "um verdadeiro café da manhã de cachorro", diria Roger Antill. Até o ponto em que folheou as páginas, o resto também estava escrito à caneta.

De volta à cadeira, Erica olhou as notas de Antill presas no barbante, *uma espécie de lembrança involuntária e inconsciente*, sim, e *sacerdote da natureza*. Ao lado havia uma citação que não reconheceu, *Estar Aqui e Pensar*. Talvez fosse de Antill.

Ela espalhou as páginas e começou a ler suas palavras. Erica viu em "Estar Aqui e Pensar" uma declaração pessoal. Foi uma experiência que se transformou em proposição, com certeza meritória de se considerar, para reconhecimento posterior, mas não agora.

Voltou para a página.

"Percebi na Alemanha com R, ou talvez antes, nos anos em que morei em Londres, quando evitava qualquer pensamento, e em seguida a visita a Amsterdã, onde eu deliberadamente me instalei numa cidade filosófica, e depois da visita de R, que a experiência da tragédia indesejável fora necessária para..."

Erica franziu a testa. Onde estava a filosofia? Passando adiante, tudo que encontrou foi uma história contínua de vida dele – evidentemente Antill pensava que era mais importante que a filosofia – a menos que estivesse seguindo o exemplo significativo de Descartes bloqueado pela neve na Alemanha. Ou então o filósofo intrínseco que Erica fora contratada para avaliar estava nas páginas com tinta azul no sofá de crina, nas prateleiras, ou espalhadas no chão.

Sophie entrou no galpão com uma caneca de café na mão.

– Preciso falar com você.

Se Erica tivesse se virado, teria visto a amiga sem maquiagem, com marcas vermelhas irregulares no rosto.

– Olhe isso. Erica balançou o braço, as páginas na mesa mexeram-se, e o resto agitou-se nas prateleiras e no chão. – Vou levar muitas luas até fazer um progresso mínimo.

– Há quanto tempo isso dura?

– O que você quer dizer?

Sophie pôs a caneca na mesa e começou a andar de um lado para outro.

– Você pensa que eu sou cega? Que sou totalmente estúpida? Eu vi a maneira como você falou no celular. Ele queria falar com você, não comigo. Apenas me diga. Eu quero de fato saber. Conte-me.

Erica virou-se.

– De todos os homens disponíveis em Sydney você tinha de ter um caso com ele. É meu pai, se talvez tenha esquecido. Há quanto tempo? Quem seduziu quem?

– Desde antes do Natal – murmurou Erica.

– Muito obrigada. Isso é tudo que preciso.

Sophie encarou Erica e depois olhou para o teto.

– Não sei por que estou conversando com você. Tem alguma ideia do efeito disso em mim?

Quando Erica aproximou-se para tocar em seu braço, Sophie recuou derrubando o café. Como uma onda rápida, o café engoliu as páginas escritas à mão que Erica examinaria.

Erica levantou-se.

– Olhe o que você fez!

– E o que você fez – disse Sophie afastando-se.

A única reação de Erica foi olhar para a bagunça que se espalhava.

– Um lenço, ou alguma coisa, rápido.

Não havia nada à mão. Sophie tirou a blusa e jogou-a nas páginas, já impregnadas de líquido marrom-claro.

Erica tentou secá-las ao mesmo tempo em que pegava as folhas para salvá-las.

– Isso é terrível, não sei o que fazer.

A maioria das páginas estava destruída.

– Ora, quem se importa? E de qualquer modo o que a maravilhosa "filosofia" fez com você?

– Transar com seu pai forte, com uma bela conversa, e sempre atencioso, por exemplo – falou Erica quase aos gritos. – E em que a psicanálise, a terapia e todo o resto contribuíram para sua vida? Tornaram você uma pessoa melhor?

Erica sentiu que perdera o controle.

—Vou começar a gritar.

Sophie já se questionava se o acidente fora proposital. O subconsciente é responsável por muitas intervenções. Do lado de fora, à luz do sol, quase nua sem a blusa, só de saia, como uma mulher de uma ilha forçada por missionários a usar sutiã, ela imaginou quando e como confrontaria o pai. Quem seduziu quem? Mas por que isso importa tanto? Sophie parou e pensou em voltar. Porém, ajudar Erica a limpar tudo poderia ser visto com muita facilidade como um gesto de apoio.

Um desastre total e absoluto: atingiu diretamente seus princípios, suas crenças.

Erica tinha uma lealdade canina com seus colegas de pensamento, quem quer que fossem, qualquer que fosse a qualidade.

Abaixara a cabeça e separava com as unhas as páginas molhadas e as colocava no chão para secar; mas à medida que secavam ela viu que a mancha marrom apagara os acréscimos urgentes escritos com a tinta azul mediterrâneo e a página de números também à tinta. O acidente terrível — fora um acidente! — a deixara atormentada. Ela ainda não podia acreditar no acontecimento repentino. Iria sonhar com isso. O trabalho da vida de um homem arruinado; uma zombaria dele; e num só movimento o trabalho, a razão de sua presença aqui, na solidão do galpão do filósofo, foi destruído.

Apesar de Erica não ter feito nada de errado, ela não conseguiria encarar os outros no almoço. Teria de explicar o que acontecera e pedir desculpas a Lindsey. Quanto a Sophie, Erica não tinha a menor ideia do que lhe diria agora, que expressão deveria ter?

Às três horas, Erica ainda estava sentada na cadeira de Antill, rodeada pelo estrago.

Porém havia o outro Antill, Roger, e ela o ouviu entrar no galpão.

Sem se virar, disse:

— Tive uma manhã horrível. E tudo começou de uma forma tão perfeita.

Roger ficou de pé examinando a desordem, que parecia a inundação de um país em miniatura.

Antes que ele dissesse algo, ela falou:

— Sinto muito. Olhe isso. Sophie lhe contou o que aconteceu?

— Ainda não vi os outros — respondeu.

— Arruinado. Ilegível. Não sei o que dizer.

— O que dizer disso tudo? — Debruçou-se nas prateleiras e folheou algumas páginas. — Isso me parece filosofia. E isso? *A vida é o intruso no pensamento.* — Roger Antill riu, um riso suave, interno, reprimido de reconhecimento. — Isso é meu irmão. E você pode dizer que foi isso que aconteceu aqui. O café era fraco?

Ainda de costas para ela, folheou mais outras páginas.

— Há muita coisa para você avaliar. Talvez alguma coisa valesse a pena publicar num livro.

— Eu ainda não examinei as páginas em detalhes.

— Wesley escrevia furiosamente ao expor seus pensamentos. Costumava sentar-se aqui com seus ovos quentes.

Roger Antill ainda estava com o chapéu de fazendeiro na cabeça; vestia uma camisa quadriculada desbotada, num tom azul claro e mais escuro, com as mangas arregaçadas.

— Perdi a conta da quantidade de canecas de cerveja e taças de chá, arranjos de flores de Lindsey e o que mais eu vi na minha época. Até pouco tempo havia um carro com um tambor de óleo diesel no assento da frente. Circulava por toda parte.

Erica escutava. As gentilezas ocasionais masculinas eram diferentes das afabilidades das mulheres. Era uma gentileza prática, informal. Havia sempre o leve toque um pouco pretensioso da mão áspera de seu pai — as últimas suposições na palma da mão.

Andando em meio às páginas que secavam, ele chegou à mesa e viu uma das poucas legíveis.

– Vamos ver o que Wesley tinha a dizer. Os olhos relancearam algumas linhas e ele pigarreou.

"Na livraria Zoellner e no café Rosemarijnsteeg em Amsterdã, onde quase perdi a paciência e fui obrigado a sair, fiquei amigo de Carl e George Kybybolite – a individualidade excêntrica e insistente dos americanos em seus sobrenomes –, uns irmãos de Chicago. A educação deles era formal. Eram homens grandes com roupas desleixadas. Ambos tinham a voz alta e confiante. Agiam em dupla; um terminava a frase do outro. Quando souberam o motivo de eu estar na Holanda e meu passado numa fazenda na Austrália, Carl, o mais rápido dos dois, chamou-me de "o chato cartesiano".

– Isso é engraçado – disse Erica. – Muito engraçado – falou animada, embora ainda se sentisse arrasada.

– Nada mau – disse Roger virando a página. – Eu gostaria de ler mais. Wesley se levava muito a sério. Quando voltou para cá e instalou-se aqui, ele só tinha páginas em branco, resmas da matéria-prima. Logo quis me mostrar o que havia escrito. Eu respirei fundo e falei que ele tinha muitas ideias correndo em todas as direções, em cada frase. A fim de mostrar o que eu queria dizer, apontei para os carneiros nos pátios; eles tinham de atravessar um espaço estreito, um de cada vez, e não todos ao mesmo tempo. "Obrigado por isso", disse meu irmão. Ele estava sentado nesta mesma cadeira olhando para mim. Guardei isso em minha mente.

Erica afastou-se da mesa.

– Sugiro agora – falou quase colocando a mão no quadril dela – que façamos chá. Deixe tudo como está. Ainda estará aqui amanhã.

22

Percebi na Alemanha com R, ou talvez antes nos anos em que morei em Londres, quando evitava qualquer pensamento, e em seguida a visita a Amsterdã, onde eu deliberadamente me instalei numa cidade filosófica, e observei depois da visita de R que a experiência de tragédia indesejável fora necessária para elaborar o que eu aprendera e recuperar o tempo perdido. Que idade eu tinha? Quarenta e três. O que eu sabia? Como poderia descrever o que aprendera?

É muito fácil não tolerar mais a "filosofia". A própria palavra é suficiente para que uma pessoa normal corra na direção oposta.

A ambição de oferecer resposta a tudo é uma forma de loucura. Pode incitar alguém a beijar um cavalo esgotado numa rua de Turim. As vidas dos filósofos. Aqueles que assumiram posições políticas extremistas. Os suicidas. Um que supostamente morreu de "desnutrição". Seus silêncios etc. "Eu não quero saber se houve homens antes de mim." Citação sem referência.

A filosofia não é necessariamente uma ocupação segura.

O dia inteiro sentado numa cadeira, sozinho. O processo de arriscar-se mais adiante dos limites do pensamento pode causar, é natural, distorções psicológicas muito além do comportamento excêntrico.

Mas meu irmão Roger, que administra uma fazenda de carneiros em New South Wales, enfrenta situações perigosas todos os dias de sua vida, em todos os climas. Os tratores que podem atropelar os fazendeiros; galhos quebrados de eucaliptos que caem neles; as batidas de frente com caminhões, animais perdidos e árvores tombadas são comuns nas estradas rurais; Roger quebrou a clavícula na queda de um cavalo; provavelmente agora tem melanoma.

Escrevia com regularidade da Europa para Roger e minha irmã, Lindsey, que tem um rosto comprido, e embora meu irmão só respondesse às vezes, senti necessidade de escrever com mais frequência quanto mais distante estivesse. Percebo agora que minhas cartas e cartões-postais nada mais eram que descrições banais de um turista. Eu presumi que seria a única coisa que os interessaria, a única informação que poderiam assimilar, só descrições facilmente palatáveis. "Berlim foi quase toda reconstruída depois da guerra. É uma cidade com muitos pátios pequenos, jardins e estufas. É final de setembro e todo mundo está de mangas de camisa." Se perceberam algo além da banalidade das mensagens, não demonstraram. Apesar de tantos anos longe de casa, sem fazer nada de natureza prática, a crença deles em mim era profunda e verdadeira.

Na manhã seguinte ao meu retorno, sentei-me com eles na cozinha e expliquei o que gostaria de fazer. Isso dependeria deles. A palavra "sacrifício" é usada com facilidade. Eu queria passar dois anos tranquilos para completar meu trabalho filosófico. Poderiam ser três. Lindsey se sentou na minha frente, já fazendo um sinal de encorajamento, enquanto Roger levantava-se sem cessar para pegar um copo de água, ou para olhar o tempo pela janela, e depois se sentava.

Sempre tive dificuldade em definir quem eu sou. Tudo que tenho é uma vaga ideia do que não sou. Em um esforço para evitar a simplicidade, eu complicava meus pensamentos e discursos.

– Se é isso que você quer – disse Roger da janela. – Tenho certeza de que sabe o que está fazendo. Você tem algum projeto, não é?

Logo decidiram que eu deveria eliminar a questão da permissão deles da mente.

Finalmente, parti da Inglaterra (3 de outubro de 1988). Na ocasião sentia-me isolado da maioria das pessoas, porque deslocara meus pensamentos para muito além dos deles. E viver no exterior, num lugar como Inglaterra, já é vivenciar no dia a dia um *duplo* isolamento. Voltei a frequentar as bibliotecas no inverno, atraído pelo aquecimento central, e comecei a reler. Era preciso recomeçar tudo. Esses anos na Inglaterra sem ler nem pensar não tinham me prejudicado. Sentia-me novo. Estava pronto. A visão das pessoas descansando no Hyde Park em espreguiçadeiras alugadas deixou uma impressão medíocre em mim. Lembro-me de ter visto no local do parque próximo ao Ritz um homem de meia-idade vestido com um paletó quadriculado preto e branco elegante e um cravo na lapela, levantando-se com dificuldade da espreguiçadeira, como uma nação tentando retomar o prestígio, ou um pensador tentando libertar-se do peso do passado. De vez em quando decidia que chegara o momento de partir da Inglaterra e deixar os ingleses sensíveis e comparativamente decentes, mas, antes de voltar para casa, visitaria a Europa.

Se houvesse ficado mais uma semana em Londres, teria permanecido o resto da vida.

Na balsa para Calais com pouquíssima bagagem senti uma ânsia que beirava o êxtase. Raramente havia sentido isso. A manhã estava na metade. Eu tinha o dia diante de mim, como se ele houvesse sido aberto por cortinas de teatro. Dentro de algumas horas desembarcaria numa terra estranha, vivenciando uma etapa estranha. E vi o restante de minha vida desdobrando-se à minha frente, acenando com pistas e promessas de clareza.

Abri meu caderno de anotações. Quando a balsa começou a inclinar-se e balançar, e algumas meninas gritaram, outras ficaram quietas, concentrei-me em meus pensamentos. Atravessar uma superfície líquida que separa a terra é curioso quando se pensa com frieza. Estamos em terra e tirando o melhor proveito disso. (Creio que posso começar a partir daqui.)

À minha frente sentou-se um casal asseado, silencioso, de mãos dadas. Ele já tinha idade suficiente para ter as faces púrpuras; ela talvez não tivesse nem vinte anos. Logo descobri que era surdo.

Ele era um fazendeiro criador de porcos de Somerset. Ia examinar alguns porcos franceses e levava sua nova mulher junto para um momento de descanso.

– Não gosto de deixá-la. O que você acha?

Quando a olhei, ela deu uma fração de sorriso e ficou me encarando. O que estava acontecendo? Ou ela era tão inocente como sua aparência, ou casara por conveniência. Enquanto o fazendeiro com o rosto púrpuro contou-me com sua voz alta tudo que eu precisava saber sobre porcos e a inteligência deles, tentei descobrir o que me atraía em algumas mulheres que conheci, de muitas maneiras diferentes umas das outras, ao passo que outras não tinham nenhum poder de atração. Quaisquer pensamentos que pudesse ter de natureza filosófica eram dificultados por esse fato, aliado a uma regular e sólida informação sobre porcos e presunto provenientes da fazenda, e perturbados pelo olhar imóvel da mulher. Ela nunca saíra da Inglaterra antes, disse, na verdade só fora ao distrito de Somerset uma tarde.

– Você não vai saber os nomes das coisas na França – observei. – Parecia que eu estava oferecendo serviços de tradução. Lembro-me de ter me sentido alegre.

O fazendeiro não pareceu notar.

– Seu negócio é na Alemanha, suponho? – Ambos olharam para mim.

– Eu gostaria de ver os cisnes brancos – expliquei.

Cisnes – que erro. Mesmo a jovem esposa um pouco gordinha e agradável de olhar começou a rir, enquanto o fazendeiro trocou esse fluxo de informação por sua experiência com cisnes, seguida por gansos.

A balsa sulcou a depressão entre duas ondas do mar com um golpe violento e barulhento. Notei que jamais estivera em mar aberto. Chovia. Nada para se ver.

Passei por Strasburgo no início da semana e decidi telefonar para eles; foi o que fiz, com extrema curiosidade, e no segundo dia passei uma tarde sozinho com ela, Gretel, no hotel.

Os filósofos têm sido insatisfatórios no exame das emoções. Assunto a ser desenvolvido mais tarde.

Já esqueci o nome do antigo vilarejo de pesca perto de Collioure, onde comi um sanduíche de queijo na praça. Sentei-me no sol e comecei a escrever para Roger e Lindsey. Os cartões-postais do lugar mostravam barcos de madeira nas praias.

Para Rosie escrevi uma carta de muitas páginas. Descrevi a balsa e meu encontro com Gretel, mas só. Pensava com frequência em Rosie. Eu não conseguia compreender sua informalidade. Mesmo quando era gentil, leal, ou apaixonada, ela agia sem um motivo, como se pudesse fazer o mesmo com outros. Na carta, contei-lhe como sentia sua falta e como gostaria que ela estivesse aqui. "Braque passou os verões num vilarejo de pesca, o que significa que Picasso também." Escrevi sabendo que era verdade.

Os homens jogavam felizes *boule* perante a morte que se aproxima rápido. (Meus pensamentos iniciais.) E eles ocupavam o tempo. A amizade tinha um papel nesse jogo. Todos se conheciam. A habilidade deles e, sem dúvida, o prazer que tinham com essa aptidão davam precisão à amizade e atraíram minha atenção.

Um grego com uma camisa branca estava sentado na mesa ao lado.

– Muitos bigodes – falou, indicando os jogadores.

Ele estava certo. Todos tinham bigodes. E quando me virei vi que ele também tinha um bigode preto.

À nossa frente a brigada de incêndio local reunira-se para fazer um desfile. À medida que formavam filas os uniformes malcuidados ficaram visíveis – calças acima dos tornozelos, como as usadas pelos cozinheiros dos tosquiadores – e botões de latão faltando. Uma figura implacável, que parecia ser o prefeito local, fez um discurso breve, enquanto os bombeiros davam piscadelas e punham as línguas de fora na direção de pessoas que conheciam. Dando um passo à frente para apresentar-se, um homem de pescoço fino fez o papel de palhaço.

– O único fogo que viram foi o dos seus isqueiros. – Outro grego pessimista.

Uma banda começou a tocar. A brigada de incêndio partiu marchando.

À noite o grego estava na mesma mesa. Ele recomendou as sardinhas.

Ele vinha de Melbourne. Agora era garçom em um cruzeiro e morava em Pireu. Sentira necessidade de tirar férias. Deixara a mulher e os filhos em Pireu. O casamento ia bem, mas ele estava exausto. A fim de não ter de lavar louça no navio, disse ele mais tarde, os garçons jogavam pratos no Mediterrâneo.

– O fundo do mar está coberto por esses malditos pratos.

Isso era uma história para contar a Lindsey, a irmã que se horroriza com facilidade. Pensei esperar meu retorno para ver sua expressão.

A fim de prestar a devida homenagem à filosofia, planejei voltar para casa via Atenas.

– É o cu do mundo. Não há nada a dizer de Atenas. É feia, empoeirada, superpopulosa, uma confusão terrível. Por que você quer ir lá? É uma cidade arruinada.

O Partenon destruído é um exemplo, uma censura. Clive Renmark dissera o mesmo no atril. Se os antigos filósofos olhassem para baixo, recuariam. Como uma cidade de ideais transformara-se num depósito de lixo sem graça. Todas as pessoas perdidas. A sabedoria dos maiores filósofos foi consumida, reduzida aos poucos, ignorada, jogada no topo do lixo como tudo mais. Seus ideais de proporção e harmonia não só são ignorados, como também desprezados. Um amigo dissera o mesmo ao carteiro Lyell.

No final da noite, o grego urinava. Tudo bem. O mais difícil era suportar o pessimismo arraigado do homem. Ele atingia quase tudo que via ou tocava, e o fato de sentar-se ao seu lado era contagiante.

De manhã cedo fui embora de ônibus. Em Toulon, devorei um café da manhã com pão, geleia e café em uma tigela. Depois dei um passeio pela cidade e examinei seu mapa na parede de uma estação de trem.

Meu método de perambular pela Europa voltara a ser casual, dificilmente poderia ser classificado de método. Dependendo do humor, os encontros ocasionais tinham de ser aproveitados. De outro modo, o que significava viver? Essa era minha maneira de pensar na época. Quando ficava imerso em meus pensamentos, eu permanecia num determinado lugar. Isso me permitia receber cartas de Rosie e de meus diligentes irmãos. (Apesar de toda a familiaridade, é difícil reduzir a distância entre irmãos.) Desenvolvi na Europa o hábito de hospedar-me em quartos de esquina no segundo andar. Isso chegou ao ponto em que se não houvesse um quarto disponível nesse andar eu mudava de hotel. Dos dois ângulos de um quarto de esquina eu podia olhar o tráfego e os pedestres, e as janelas iluminadas à frente. Sentia-me em casa num país estranho.

No Kunstmuseum, na Basileia, fiquei horas parado diante do Cristo putrefato (minha opinião) de Holbein. Por fim, o atendente levantou-se da cadeira de madeira e juntou-se a mim, e depois de um silêncio respeitoso perguntou o que eu achava da pintura.

– É uma paisagem. A composição alongada, o corpo amarelado, uma terra sofredora, uma paisagem árida. – Continuei a tagarelar: – Eu conheço terras como essa. Não têm nada a ver com Cristo.

Mais tarde, em um museu especializado em arte do século XX, vi uma tela com linhas pretas num fundo cinza de Mondrian, pintada em 1912. Dei um passo à frente para ler a etiqueta: *Eucaliptos*. Afastei-me. Isso era a última coisa que queria ver. Tinha viajado milhares de quilômetros de avião, trem, ônibus, balsa e a pé só para deparar-me na Suíça com uma versão pintada de algo familiar que deixara bem para trás. O que um holandês sabia sobre eucaliptos? Imaginei o pintor com um pincel na mão. Mondrian tentara atribuir uma qualidade ao desmazelo da árvore – galhos e gravetos secos pendurados e caídos, ou outros brotando por toda parte. Era uma imitação bastante medíocre. Lembrei que um francês mencionara num trem na Inglaterra a dificuldade que um pintor de paisagens enfrenta ao decidir o que excluir.

Rosie gostaria de receber um cartão-postal com esse quadro. Não sei o que Roger faria com ele.

Talvez por ver a pintura confusa de Mondrian, ou pelo fato de escrever o endereço de New South Wales nos cartões-postais, ou em razão dos cartões-postais da pintura associados à "paisagem" de Holbein, ou por qualquer outro motivo, pela primeira vez pensei em voltar para casa. Chegara o momento de permanecer em um só lugar.

Passaria por Amsterdã e reuniria rapidamente meus pensamentos na Alemanha.

Como evitar tornar-se obtuso e um pensador banal mais uma vez. Isso acontecia quando um estranho conversava comigo num trem, num parque, numa ponte. Assim que falava – aonde isso me levaria?

Essa preocupação fazia parte de minha perambulação a esmo. Atenção!

Pouco interesse em visitar Praga. Depois de um dia parti. O rio cruzando o centro de Genebra, frio e verde-garrafa. Ele carregava sem cessar história ao longo de seu curso (história que eu desconhecia, seria de outros países?). Parei em uma das pontes e olhei para baixo, arrastado por seu fluxo e pelo fluxo do tempo, e bem isolado do fluxo da consciência que passa num ritmo regular por nós. Enquanto pensava nisso, não notei as pessoas locais inclinadas na ponte, perdidas em pensamento.

Era uma luta.

Em qualquer momento havia sinais, movimentos, metal e carne, temperaturas, opiniões dos outros, correções, diferenças de tempo, e outras obscuridades competindo com nossas impressões. Como dar sentido a isso; o que evitar (como o pintor de paisagens).

Quase tudo que vemos será esquecido. Eu vivenciei muito pouco do que vi.

Em um canal no Norte da França uma menininha numa barcaça subia cada vez mais alto num balanço impulsionado pelo pai, um movimento despreocupado, semicircular, em contraste com o movimento horizontal da barcaça. Por que guardara essa imagem insignificante? Dava uma moeda a qualquer mendigo com a mão estendida. (Não se viam mendigos com frequência na Austrália à minha época.) A cidade com dois rios. Então, me virei para o homem no ônibus. "É duas vezes mais interessante." Quanto a mim, as antigas pontes de pedra eram um obstáculo. Em Roterdã, na calçada do lado de fora de um bar diante do cais de contêineres, vi três homens de macacões laranja brigando com garrafas, recuando e calculando suas chances até a polícia chegar. O cultivo sistemático da Europa – o lugar fora nivelado e esquadrinhado em cada milímetro de sua vida. As diferentes densidades de verde. Não existia um pasto marrom. Assim que escolhia um bar e sentava-me ao sol para comer um sanduíche de presunto ou de queijo, começava a pensar nos pastos da minha terra natal, onde nada se move. Nessas circunstâncias, sentava e concentrava meus pensamentos, um jornal inglês apoiado no joelho tinha mais importância do que merecia.

Quando cheguei a Amsterdã, tive grande dificuldade de encontrar um quarto de esquina no segundo andar. Passei uma manhã inteira procurando e depois tive de pagar um preço acima do meu orçamento pelo que encontrei – reconheço e admiro minha teimosia. O hotel Brouwer situava-se em um dos canais. Após deixar minha bagagem em cima da cama, fui passear sem nenhum destino em mente.

Nessa manhã vi duas mulheres chorando. Uma delas dirigindo uma bicicleta com uma cesta de vime na frente quase me atropelou. As lágrimas escorriam por trás dos óculos de armação metálica. Ela não me vira. Fiz um movimento para ajudar, ou pelo menos fazer um gesto de simpatia, mas ela partiu. Logo depois, perto do museu Stedelijk, onde eu não tinha intenção de entrar, sentei-me na extremidade de um banco, distante de uma mulher de meia-idade sentada na outra ponta. Imediatamente ela começou a chorar. Um rosto largo, eu vi, e uma boca pequena.

Ao inclinar-me para frente, olhando-a de soslaio, dei a impressão de uma figura solidária. Ela poderia ter olhado em minha direção e esboçado um sinal de ajuda. Por que, afinal de contas, começara a chorar no minuto em que sentei? Ela continuou a chorar. Voltei à minha posição normal acreditando que era possível compartilhar sem desconforto o banco com uma mulher de meia-idade, infeliz e excepcionalmente asseada.

Depois de alguns minutos, abri meu caderno de anotações. Anotar os pensamentos fugazes, mesmo aqueles que não parecem importantes, nesse caso pensamentos sobre emoções. (Os diversos tipos de choro. Lágrimas e Seleção Natural. O choro é visual pelas seguintes razões...)

Nesse momento, uma mulher jovem de jeans e com um colete cáqui com bolsos proeminentes parou e focou a câmara para mim. Percebi que o espaço entre mim e a mulher infeliz no banco indicava um casal distanciando-se muito rápido. É óbvio que eu era o culpado.

Levantei e acenei com os braços. Eu não gosto de ser fotografado. Para ser claramente compreendido iniciei uma diatribe contra a fotografia, sua autoimportância, a superficialidade inerente, a seriedade melodramática, a impertinência ridícula dos fotógrafos etc. Senti um ímpeto de quebrar a câmara.

Só quando ela disse com firmeza, mas na defensiva, "Todos foram fotografados hoje", notei que era australiana (Brisbane).

Ela não era um turista tirando foto de uma cena pitoresca, e sim uma fotógrafa séria, uma *fotógrafa artista* (a descrição dela) que expunha em museus, na maioria na Austrália. Elaborava projetos que se materializavam nas exposições. Para o projeto de Amsterdã, que incluía mais cinco cidades europeias, ela andava a esmo com a câmera, escolhendo pessoas aleatoriamente, pessoas que imaginava serem australianas – só para descobrir que grande parte era de poloneses, dinamarqueses, letões, italianos, canadenses, ingleses e até mesmo islandeses. A ideia era mostrar as percepções, hábitos, preconceitos.

– Você é um deles? Achei que parecia australiano ou algo semelhante.

Pelo canto do olho vi a mulher sentada no banco assoar o nariz e arrumar a echarpe.

– Você tem sotaque britânico. Mas seu rosto, os maxilares e os ombros – continuou a eterna fotógrafa. – Acho que é australiano!

Até encontrar os irmãos Kybybolite, Carl e George, eu pretendia ficar só um ou dois dias em Amsterdã. Lindsey e Rosie pensavam que eu estava a caminho de casa. Eu lhes enviara um endereço em Berlim.

Queria também ir embora de Amsterdã às pressas porque Cynthia Blackman mudara-se para meu quarto de esquina com o equipamento de fotografia – as mochilas, as caixas de alumínio. Logo depois, ela abriu a janela e começou a focalizar as longas lentes ao longo do canal e nas ciclovias, e nos carros estacionados, com a expectativa de captar uma imagem rara e duradoura. Inquieta dentro de um quarto, inquieta no exterior, alerta seria uma palavra melhor. O suficiente para levar um homem à loucura. Enquanto focalizava a câmera, Cynthia quase sempre praguejava. Ela tinha cabelos curtos e olhos escuros. Eu não diria que fosse uma pessoa feliz.

Concordei que poderia ficar uma noite. Mas quando ela levantou a camiseta, mais uma vez tive consciência de como os movimentos comuns da vida oferecidos aqui na forma de suavidade, sombra, calor, convite, desviavam todos os outros pensamentos, isto é, meus pensamentos filosóficos constantes, que eram uma maneira de pensar que não conseguia evitar. A busca por respostas filosóficas de algum valor requer certo distanciamento da vida. Manter esse caminho é difícil. Porém, passei dias e noites inteiros deliciosos com Cynthia Blackman.

Ela nunca saía sem uma de suas câmeras de última geração. Sua atenção na rua era tão concentrada que eu só a conseguia seguir de perto. Qualquer coisa que eu dissesse não parecia ser registrada. Além da concentração, seu modo de trabalhar impunha autoridade em qualquer imagem, o que era muito importante, disse (mesmo que, pensei, a imagem já estivesse lá).

Sentia-me constrangido em público com Cynthia e suas câmeras. Quando parava e focalizava um turista desavisado, eu dava meia-volta e afastava-me – não suportava a associação. Logo isso se tornou uma fonte de desacordo entre nós.

Zoellner era uma livraria em Rosmarijnsteeg. Só vendia livros de filosofia. Assim que toquei a sineta de latão acima da porta e entrei na livraria, senti que Cynthia ficaria impaciente esperando do lado de fora. Ela estava ansiosa para acrescentar mais assuntos ao seu projeto de Amsterdã.

Spinoza era uma especialidade de Zoellner. Havia livros de outros filósofos, porém eram muito banais, uns simples eunucos aos pés de um gigante. Spinoza ocupava uma parede inteira. Alguns itens raros exibiam-se num armário, inclusive um cacho de seu cabelo... Benedictus Spinoza era uma figura muito impressionante, até o ponto em que me dizia respeito. Eu o conheci tarde. "Amor e desejo podem ser excessivos." E então prosseguia para explicar o porquê. Ele também escrevia com intensidade sobre coisas que eu não vivenciara, como ódio e fama.

Dois americanos conversavam e apanhavam livros, virando as páginas ao escorregar o polegar para cima do canto direito, antes de colocá-los no lugar. Spinoza morreu de tuberculose aos quarenta e quatro anos. Agora, trezentos anos depois, três homens, quatro contando Zoellner, que sentava numa escrivaninha ridiculamente pequena, ainda encontravam nas páginas escritas pelo autor pensamentos e reflexões valiosas.

Foi na livraria de Zoellner em Amsterdã que decidi criar uma filosofia, para morrer feliz.

Em voz alta, um dos americanos perguntou:

– Você sabe onde Spinoza morou nessa cidade? A casa ainda existe?

Antes que o livreiro respondesse, a sineta de latão na porta retiniu e Cynthia entrou com seu ar jovem e sem sutiã, claramente desinteressada por livros. Quando os americanos viraram-se em sua direção e Zoellner ergueu os olhos, ela começou a tirar fotografias.

Os americanos não se incomodaram com a fotografia, ao contrário de Zoellner.

Desconcertado, precipitei-me para defender a fotografia, ou Cynthia (visto que era um só elemento), mas ela não parecia preocupada com a gritaria. Zoellner tinha uma barba preta. Era um homem de uns sessenta anos. De alguma forma permaneceu sem expressão à medida que levantava a voz.

As origens de um temperamento violento são difíceis de discernir.

Na calçada os irmãos Kybybolite zombaram de mim.

– Isso não é exatamente a maneira de Spinoza resolver problemas – disse um deles. – Mas, caramba, não vamos deixar que isso o perturbe.

Continuou a explicar que o fato de passar todos os dias durante anos rodeado por argumentos densos e comentários dos maiores pensadores, todos bombásticos ou urgentes, além de convincentes, desequilibrou sua mente (a de Zoellner). Pouco importa a atmosfera erudita e mal iluminada. Ele comentou que vendedores de livros de segunda mão tendem a ter personalidades irritadiças não comerciais, totalmente opostas àqueles que escolhem o ambiente brilhante das prateleiras de novos best-sellers cintilantes.

Sentamos num café. Eles eram uns homens grandes. Sempre vestidos com camisas grosseiras de lenhador. Encontrávamos com eles para tomar café da manhã e jantar, e os seguíamos a bares em bairros meio escuros. Fomos de trem a Haia para ver os quadros. Eu me queixara de Mondrian e de sua versão dos eucaliptos. Passamos bons momentos juntos. Não era um relacionamento superficial. Eu nunca conversara antes com alguém sobre assuntos filosóficos. Carl e George tinham cursado a Universidade de Chicago e, por isso, falavam com um conhecimento seguro, quase jovial, a respeito das principais realizações da filosofia ocidental. Eles terminavam as frases um do outro. Carl, no entanto, tinha mania de fazer citações importantes de outros pensadores, algumas vezes duas ou três em uma frase e, por essa razão, era difícil saber exatamente quais eram seus pensamentos. Eu sorria diante dessa extraordinária informalidade do Novo Mundo quando Carl, em particular, identificava as citações pelo nome de batismo do filósofo, "O que Immanuel disse..." ou "Uma meta é uma servidão, como Friedrich diria" ou "Pense um segundo em Ludwig..." e "O bispo estava errado, sem dúvida".

Embora mal tivesse passado dez minutos na livraria de Zoellner, e algumas semanas na companhia de Carl e George, foi em Amsterdã que comecei a me posicionar. Senti isso. Eu estava começando a reunir minhas ideias. E decidi enviar uma cópia de meu trabalho filosófico a Zoellner quando fosse publicado (e também a Carl e George).

Carl estava prestes a publicar sua tese, *The Science of Appearances*, se é que me lembro do título corretamente. Sem nenhuma relação com a fotografia, George incentivou Cynthia. Ela gostava da companhia deles. Ele e Cynthia costumavam rir às minhas custas.

Sentia um fortalecimento interno benéfico. Era a antecipação da clareza. Sem dúvida, isso me tornou solene, até mesmo impassível, porque falava pouco. Em contraste, os irmãos Kybybolite eram brincalhões. Eles levavam Cynthia ao cinema.

Isso era o prolongamento de minha educação.

Lindsey escreveu avisando que nosso pai estava doente.

Eu telefonei. Minha irmã tinha uma visão objetiva em relação ao seu estado. Ele estava praticamente imerso no passado. Tinha mais interesse em saber quando eu voltaria para casa e se comia bem. Eu me apaixonara por uma holandesa? Pôs Roger no telefone e ele também gritou, como nossa família fosse de bárbaros, "Quando vamos vê-lo aqui de volta?" – uma variante interessante de "Quando você vai voltar para casa?".

Por fim, quando falei com meu pai, tive a impressão de que ele não me reconhecera, e não conseguira associar a voz ao rosto. Não fazia sentido. De repente, ele mencionou em termos muito claros o nome de um negociante de selos em Londres que eu deveria visitar, "um indivíduo decente". Depois ficou incoerente de novo.

23

É EVIDENTE que temas comuns podem adquirir poder por meio de um uso especial, e ajustar sua forma, ou qualquer outra coisa que fizermos, até passarem a ser uma extensão de nosso ego. O modesto sofá de Freud em Viena que constituiu uma parte central em seu tratamento das histéricas, ou de ouvi-las, dotou-se de qualidades místicas – o sofá com o qual todos os outros se comparam. Portanto, não admira que quando Freud procurou refúgio nos anos 1930 em Londres, o sofá cor de beterraba com suas borlas e franjas austro-húngaras o tenha acompanhado, e posto contra a parede em seu consultório em Hampstead, tal como um pianista que só consegue tocar em seu Steinway especial, que pode ter cinquenta ou sessenta anos, e nem sempre está afinado.

Nesse ínterim, foram tiradas muitas fotografias de filósofos meio reclinados em espreguiçadeiras. Não apenas os filósofos ingleses foram mostrados em seu lazer entre os decanos com calças de flanela em um dos gramados nos fundos de Cambridge, ou num ângulo de 45 graus fumando cachimbo afastado do grupo de Bloomsbury, que é outra parte da história da espreguiçadeira, ou a imagem que temos da sala de Wittgenstein onde o único móvel era uma espreguiçadeira. Existe uma fotografia tirada com lentes telefotos de Martin Heidegger descansando no que parece uma espreguiçadeira, do lado de fora da cabana em Todtnauberg. É ele, sem dúvida, embora pouco visível. Essas cadeiras oscilantes de lona suspensas como uma gota de água logo acima da grama. Elas estão mais perto da terra que as outras cadeiras. Duas pessoas não podem compartilhar a mesma cadeira. Essas premissas são difíceis de descobrir. O filósofo experimenta algumas espreguiçadeiras diferentes até se acomodar em uma adequada à sua forma.

24

Erica sentou-se na mesa comprida da cozinha com Roger. Era o cômodo de que ela mais gostava. De lá as pessoas saíam em todas as direções para continuar suas tarefas diárias, enquanto a mesa polida, as cadeiras, o fogão com a parte dianteira creme e a chaleira preta continuavam em suas posições fixas, à espera do retorno delas. Erica serviu chá a Roger, como sua mãe fazia com o pai quando ele voltava para casa depois do trabalho.

Roger Antill estava descontraído. Esse era seu mundo. Ele dirigia o show. Então, olhou para a janela, atento ao tempo ou a qualquer outra coisa. Como de hábito, Roger não se importava se houvesse uma lacuna na conversa e sentia-se à vontade, mesmo ao lado de uma mulher, ou, em especial, de uma mulher citadina que mal conhecia. Nunca ocorreria a ele agir intempestivamente. Era melhor reclinar-se na cadeira. Nessas circunstâncias sua mente devaneava afastando-se da mulher problemática ao seu lado. O capim crescia nos pastos e os carneiros cheios de lã multiplicavam-se. O motor estacionário precisava ser colocado no caminhão e levado à cidade. Ele olhou para Erica e quase sorriu ao ver como estava um pouco bem vestida demais para o local. Com a cabeça inclinada de modo artificial, ele podia, sem esticar-se, olhar o pescoço dela, vulnerável em sua curva confiante e a insinuação do cabelo repartido como o vento que deixa um sulco no capim.

– Tenho que lhe contar – disse Erica, virando-se quando Lindsey entrou. – O café derramou nas páginas de seu irmão. Elas estão destruídas. Não sei o que fazer.

Lindsey sentou-se no lado oposto.

– Como isso aconteceu?

Em geral, nesses momentos, Roger pegaria o chapéu e partiria.

– Ainda há muito trabalho pela frente – disse à irmã. – Eu não ficaria tão preocupado.

Erica fez um aceno com a cabeça.

– Suponho que essas páginas eram importantes. Elas estavam na escrivaninha.

Lindsey serviu-se de chá.

– Isso veremos.

Essa observação foi mais ríspida que pensativa. Erica olhou-a. Ela ficara mais preocupada com o acidente do que o irmão. Ele é gentil comigo.

Esses "acidentes" raramente aconteciam com Erica. Seu método de reflexão reduzia as chances desses acontecimentos. Mas há pouco tempo no trabalho, com lojistas e pedestres, ela começara a atrair mal-entendidos, incidentes, constrangimentos, momentos embaraçosos, confusões – os pequenos desconfortos dessas situações significavam, é claro, outra coisa. Nesse momento, ela teria preferido não estar na cozinha acolhedora, e sim em qualquer outro lugar, menos aqui. No entanto, queria ficar. Ela poderia ter gritado! Se Sophie estivesse em seu lugar ela aproveitaria a situação e iria direto ao assunto (um hábito profissional), "Sim, mas como você se *sente*?". Sophie prestava atenção à força dos sentimentos. Em seu trabalho, quase sempre procurava pacientemente o que havia de oculto numa pessoa. E nunca conseguia ter certeza se havia ou não algo que valesse a pena recuperar, capturar, isolar, ou quanto tempo levaria para se revelar. Segundo seu pai, Sophie tinha uma vida de detetive sem sair de uma sala. Não era um comentário indelicado; mas, ao ouvir isso, Erica reclinou-se na cama e riu. Eles estavam no Sundowner Motel.

Pela janela, Erica viu Sophie chegar à varanda, andando para cima e para baixo, tentando falar no celular. Roger olhou-a e, em seguida, as duas mulheres pararam para observá-la.

— É melhor eu avisá-la — disse Roger levantando-se. — Se estiver tentando telefonar para Sydney, terá dificuldade. Mas estão trabalhando para normalizar a situação — resmungou.

Sophie achara na bagagem de mão uma camiseta mostarda que Erica nunca havia visto, escolhida para exibir ao máximo seu corpo, e uma echarpe diáfana com algumas flores desenhadas. As calças eram de linho cor de vinho, muito bem cortadas. Como se nada houvesse acontecido no galpão, ela acenou, indicando que iria entrar na cozinha.

Desculpando-se, Erica levantou e foi para o quarto.

Fora um erro ter trazido Sophie, só porque sentira pena dela. No entanto, preferiu uma companhia em vez de viajar sozinha para o interior, centenas de quilômetros ao oeste de Sydney. Esse era seu lado tímido. Qual era seu problema?

Parou de pé em frente à janela do quarto.

Precisava retomar seu distanciamento habitual. Era sua característica conhecida.

Erica saiu da casa e caminhou em direção ao riacho. Diversas cacatuas brancas voaram diante dela. Havia também outros pássaros menores. Um deles tinha uma cauda pequena semelhante a um leque. Subitamente, a representação mental de pássaros surpreendeu-a. Mesmo de corvos. Os minúsculos ossos bem encaixados. E dois lagartos diferentes, um deles ridiculamente rechonchudo, não se moveram. Quando andara na caminhonete com Roger, ele amaldiçoara os coelhos. Mas agora a visão deles a excitou — a alta velocidade deles em zigue-zague.

A casa e o galpão ficaram cada vez menores, até desaparecerem.

Erica parava e algumas vezes agachava-se para examinar todos os tipos de rochas, tocas (de raposas), excrementos (de carneiros, coelhos), pegadas de animais, tufos de capim espesso e as minúsculas flores. Poças de água marrom-claro refletiam as nuvens. Em um pasto repleto os carneiros pararam e a olharam.

O que a filosofia poderia extrair do mero fato da existência? O filósofo sofre de uma doença rara – a perspicácia absoluta. Wesley sabia como viver? Sua personalidade obstinada era opressiva. Ele era um pensador obcecado. Veja as centenas de páginas escritas à mão empilhadas, inundando o galpão de ferro corrugado cinza. Que lugar para elaborar um pensamento significativo. Era um centro oco.

Ao pensar em Roger, o irmão que cuidara da propriedade, ela sentiu sua generosidade incomum. Estava associada ao cheiro dele, que ela achava atraente, de suor masculino, terra revolta, na verdade de lã, talvez o cabelo – o último homem na Austrália que ainda usava brilhantina?

Erica caminhou até que o terreno ficou íngreme e desigual, com buracos de coelhos.

Observando-a da casa, Sophie foi ao seu encontro. Ela pôs um braço em torno da cintura de Erica e assim chegaram à varanda.

– Decidi fazer um pequeno passeio.

– Nós estávamos começando a ficar curiosos...

O impulso de Erica foi de refletir sobre a palavra "nós".

– Você falou com Lindsey?

– Olhe, alguém fez uma coisinha em seu ombro. Dizem que dá sorte.

Sophie lambeu seu lenço minúsculo, segurou o braço de Erica e esfregou-o.

– Você está achando que essa estada é uma espécie de férias? – sussurrou Sophie. – Talvez eu viesse a gostar daqui, apesar de não ser uma fã de chá. Roger tem que ir à cidade agora. Ele me convidou para acompanhá-lo. Eu poderia ter agido diferente, mas tudo bem. O que você pensa dele? Eu diria que é quase impenetrável. Existem homens que são casados com algo sólido, no caso dele com a terra, as cercas e o resto.

Erica havia pensado que seria melhor lidar com cautela com Lindsey. Ela notara que Lindsey não era uma mulher feliz, e não sabia o que se passava em seu íntimo. Mas agora estava profundamente irritada com Sophie, uma mulher que sempre bocejava diante de qualquer menção ao campo. Quando lhe era conveniente, Sophie mudava de opinião. Ela não vivia segundo regras, nem mesmo regras de psicologia, caso houvesse algumas. Essa sua característica fez com que Erica lembrasse a catástrofe no galpão.

E sentiu um impulso de frieza fluindo em direção a todos eles.

Não havia ninguém na cozinha.

Então Sophie falou:

– Precisamos conversar.

Desde que se haviam conhecido, Sophie usava palavras enérgicas destinadas a dar à sua conversa, ou melhor, aos interrogatórios e resumos, uma estrutura enfática concisa, jamais banal. Essas palavras incluíam *indicativo*, *na realidade* e *praticamente*, além de sinais de estímulo ao falar com mulheres, como *exatamente*, *precisamente*, *eu concordo totalmente*, *isso é interessante*. Há muito tempo deixara de usar palavras que tivessem conotação de jargões, como *transferência*, *projeção* e *narcisismo*. Além de *ergo* e *conclusão* que ela reservava aos amadores, os "pop-psicólogos".

Agora se dirigia com suavidade para Erica.

– Qual é seu relacionamento com meu pai? Gostaria que me contasse. Suponho que ele fez a investida, apesar de você não ser a Srta. Inocente. Eu o conheço melhor que você. Eu lhe diria que ele é incorrigível. Ele é determinado quando corteja uma mulher. Sua patologia é de um obcecado. É claro que eu o amo muito. Você sabe disso. Até o ponto em que me lembro, ele sempre teve seus pequenos casos. Mas também, com o fardo da minha madrasta, quem pode culpá-lo? Você sabe qual é o tempo certo? Obrigada. Na verdade, é mais biológico que psicológico. É um aspecto dominante. Isso mudou nosso relacionamento. É natural. Desde quando vocês se veem? Eu não sei por que você deveria fazer isso!

    Ela estava apenas começando.

    – Agora não – disse Erica, ao sair da cozinha.

    Encontrou com Lindsey no vestíbulo.

    – Você está bem?

    "O que parece?", Erica teve vontade de dizer. Fechou a porta do quarto.

Como poderia pensar que alguns dias nesse lugar de calma inimaginável causariam desordem, impaciência, dificuldades consigo mesma e com as pessoas que a rodeavam? Em geral, Erica não manifestava sinais de inquietude e sabia disso.

    Se a filosofia tinha alguma utilidade, uma delas era o dom de acalmá-la. Isso acontecera em outras ocasiões. Ela consultaria os gregos, talvez os alemães. Suas teorias experimentais do Tempo não se aplicavam aqui.

    Resolveu tomar um banho.

    No momento em que assumiu uma atitude mais decidida, Erica retornou a um estado próximo de seu eu normal. Embaixo do chuveiro ela começou a perceber e mesmo a sentir que a clareza e a firmeza, que a levaram tão longe, a tinham transformado em uma pessoa antipática – muscular. Era uma questão de fazer uma pequena mudança. E ao ensaboar o peito viu o pai de Sophie, Harold, com suas verrugas. Ela sorriu. Harold Perloff demonstrara interesse genuíno por ela. Erica queria ouvir a voz da experiência, profunda e calculada. Poderia ouvi-la o dia inteiro. Sentado no sofá em sua casa, ele colocava despreocupadamente a mão em seu ombro. Ela gostava disso. E depois enquanto se secava com a grande toalha pensou em

Roger. Com Roger, ela sempre ficaria à espera do que ele faria em seguida – era um homem peculiar. Erica não podia acreditar que ele quisesse ir à cidade com Sophie.

Lindsey ergueu os olhos da mesa quando Erica entrou na cozinha.

– Você se importa se eu usar o telefone? As coisas estão ficando complicadas e eu detesto complicações.

Lindsey pareceu interessada.

O telefone ficava próximo da porta. Com o fone apoiado no ombro, Erica percorreu os olhos pelos cartões de serviços impressos no local. Eram de contratantes de tosquia, vendedores de fertilizantes, perfuradores de poços, especialistas em bomba e cisternas, comerciantes de sementes, agentes pecuaristas e chefes de estação de trem, uma amostra de experiência e pensamentos postos em prática. Essas atividades prosperavam desconhecidas da cidade.

– Sou eu falando do fim do mundo. Quero saber como você vai.

Lindsey levantou-se para sair da cozinha, mas Erica fez um sinal negativo com a cabeça. Ela não se importava que a ouvissem.

– Eu não tenho certeza de quando voltarei. O trabalho é maior do que imaginei. Há muitas páginas para examinar. Algumas delas podem ser interessantes. A casa com suas varandas amplas. Há um rebanho enorme de carneiros. Minha ambição é ver uma raposa.

Com um aceno da cabeça, Erica riu.

– Terei cuidado com cobras e outras tentações. – Ela sussurrou algo no fone, depois parou.

– Você não me contou isso. Quando vai acontecer? Eu não sei quando retornarei. Eu gostaria sim. Sinto muito, a situação está difícil aqui. Sophie falou com você?

Quando Erica sentou-se calada, Lindsey disse:

— Eu sugiro...
— Preciso examinar minha mente.
— Pensei que você gostaria de uma xícara de chá.

A modéstia dela fez com que Erica sorrisse.

— Muito obrigada — falou.
— É isso que fazemos aqui. Se existe algum tipo de dificuldade, ou se chove, se alguém tem um bebê, ou quando nada acontece, recorremos ao bule de chá.

Erica mal a escutava. Ela pensava por que Sophie desviara sua atenção para Roger.

— Mas creio que bebem café em Sydney. Não consigo imaginar isso aqui.

Descascaram juntas as batatas e debulharam as ervilhas.

Já escurecera quando Lindsey lhe contou sua longa amizade com um vizinho. Era como se falasse para si mesma.

— Nós nos dávamos bem — explicou. — Ele não era infeliz no casamento, eu conhecia Lorraine, era sua amiga.

Há três anos, completos este mês, ele morreu em um desses acidentes agrícolas ridículos. Era um homem forte, de quarenta e poucos anos. Um galho de eucalipto caiu nele quando guiava um trator. Esperando em seu lugar habitual ela presenciou o acidente.

Erica fitou-a. Isso explicaria sua imobilidade.

— Foi uma época horrível. Todas as pessoas sabiam. Eu achei que ia enlouquecer. Não conseguia dormir. Wesley estava na fazenda. Eu pensei que fosse mais forte do que na realidade era. Eu ainda não superei a dor. Continuo a pensar nele, mas ele não está mais aqui. Durante dois anos eu fui a um psicólogo, qualquer que seja o nome que lhes dão. Uma vez por semana eu pernoitava em Sydney. Ele não queria saber do acidente, só se preocupava em voltar ao passado. Eu não gostei dele. Tinha um cabelo ruivo horroroso.

Erica a ouvia sentada.

– Eu não passei por sua experiência. Eu era jovem quando meu pai morreu. Nunca superamos essas perdas. Agora fazem parte de nós.

Por solidariedade, Erica começou a falar de Harold, sem revelar que era pai de Sophie. Quase tinha idade para ser seu pai. No entanto, era um homem sólido, repleto de conhecimento que não se importava em transmitir, todas as espécies de assuntos, e experiente, com uma difícil vivência europeia. Era um homem de negócios, um industrial. Eles não conseguiam se encontrar com frequência. Já fazia quase um ano que se viam. Erica notou que falava rápido.

Lindsey acenou com a cabeça. Essa história lhe lembrava o vizinho que ela não tinha mais.

Depois de alguns instantes perguntou:

– Você acha que pode haver algo que valha a pena nos papéis de Wesley? Roger e eu gostaríamos que houvesse. – Olhou para o relógio na parede. – Onde *estão* aqueles dois? Eles devem ter ido caçar coelhos. É só uma brincadeira! É isso que os homens jovens fazem aqui para se divertirem, porém ninguém diria que Roger é jovem.

Às oito horas Erica e Lindsey comeram a carne assada que agora estava excessivamente cozida, e beberam uma garrafa de um ótimo vinho shiraz do Sul da Austrália. Lindsey achou uns cigarros. Elas lavaram os pratos e deixaram a mesa posta para os dois. Desistiram de tomar café e prometeram continuar a conversa no café da manhã, isto é, continuar a amizade delas, só como duas mulheres sabem fazer.

25

APENAS quando as grandes e pequenas religiões têm discípulos capazes de citar o capítulo e o versículo, e que estão determinados a reter e manter elevado o cerne dos princípios na página, sem sofrer desvios, quase sempre com aprendizado admirável e reverência, e outros impacientes, frios, que "não toleram discussão", assim também a psicanálise tem discípulos ansiosos para preservar seus fundamentos, tal como a medida original do metro é exibida em uma caixa de vidro (em algum lugar em Paris). Muita energia e refinamento são gastos corrigindo ou recuperando o rebanho, hereges que mudam de direção para criar escolas alternativas, leituras alternativas, consideradas interessantes, com certeza, mas na verdade uma enxurrada de interpretações errôneas, na pior das hipóteses uma paródia dos princípios básicos; e, por conseguinte, houve tumultos, ameaças, ações bem-sucedidas de comitês, publicações sectárias e processos judiciais na Europa inteira e na América do Norte, que por sua vez produziram diversas formas de estresse psicológico, algumas das quais necessitam de tratamento. À medida que mais e mais seguidores se envolvem, a pureza de uma ideia é difícil de preservar.

A psicanálise enfrenta a dificuldade de não poder ser "provada", como diversos filósofos observaram. Enquanto isso, as pessoas que fazem análise continuam a se consultar duas ou mais vezes por semana inconscientes da turbulência no centro. Afinal, o que os preocupa é o Ego.

Outros movimentos como o surrealismo da década de 1920 teve seus expurgos. Aqueles que não se adaptaram ou não seguiram o Manifesto foram afastados sem cerimônia. Outro aspecto a examinar são os movimentos políticos, o marxismo acima de tudo, o movimento feminista mais recente, ou as associações esportivas, os departamentos das universidades, onde os rebeldes e pensadores independentes caíram no ostracismo, foram expulsos, e em muitos casos exterminados (não no movimento feminista ou nas associações esportivas).

Cuidado com mulheres que estão fazendo ou fizeram análise, mesmo que só por um ano ou dois. Rodeadas por um modo muito íntimo e autorrevelador de pensar alto, ou de permitir que camadas sejam erguidas para atingir e reconhecer o Ego difícil e, depois, perceber a estranha sensação de bem-estar, de realização, como se a limpeza, ou o começo da limpeza – a atenuação –, possa provocar uma silenciosa condescendência em relação a alguém que não tenha se submetido ao mesmo tratamento (que não tem a menor ideia da dificuldade do trabalho, dos benefícios acumulados, do vislumbre de clareza). O tempo gasto na análise é mais íntimo do que a crença numa religião; nenhuma benevolência silenciosa ou uma situação oposta será encontrada nos convertidos à religião. Lide com precaução com aqueles que têm irmãs fazendo análise ou uma irmã convicta que exerça a profissão de analista em Chicago ou Manhattan, Newcastle ou Sydney, e que assiste a conferências em outros lugares, pois essa conexão filial exerce uma dupla ansiedade, uma dupla lealdade, na outra irmã já comprometida. Pode causar mais tarde uma discórdia competitiva entre elas, ou uma defesa indignada contra os não crentes, ocasionalmente obscurecida por ardis quanto ao assunto em geral, ou melhor, a adoção da psicanálise em particular. É interessante: quando uma irmã começa a terapia as outras irmãs quase sempre a seguem.

26

MAIS UMA VEZ Erica acordou cedo. Imagine seu desalento quando, ao chegar à cozinha, viu os dois lugares na mesa intactos, e no fogão as ervilhas e as batatas frias nas panelas. Ou Roger Antill e Sophie chegaram tão tarde que não tiveram vontade de comer, ou ainda não haviam voltado (de onde?). Rapidamente, fez umas torradas. Teve dificuldade de engolir. Esse era o comportamento típico de Sophie. Quando duas pessoas viajam juntas, os pequenos aborrecimentos geram desordens de personalidade insuportáveis.

O galpão estava silencioso, envolto em sombra. Erica respirou fundo. Pegou as páginas destruídas e as colocou de um lado no chão. Arrumou a escrivaninha. Havia papéis por toda parte. Sentada na cadeira do filósofo ela assumiu um ar de concentração determinada ao chegar à pilha e começar a ler. Algumas páginas consistiam em nada mais que uma única frase. Quando algumas dessas declarações interrompiam sua linha de pensamento, Erica as assinalava. Outras páginas estavam repletas com a caligrafia agitada em tinta azul de Wesley. Aqui e acolá havia frases e parágrafos inteiros riscados. "Teimoso" foi uma palavra que viu, mas não a encontrou de novo. Depois de várias horas, um encadeamento, ou uma sugestão de encadeamento, uma narrativa, surgia. Então, terminava; parecia parar por completo. Mais tarde reaparecia.

O que acontecera na vida desse homem? Ele demonstrava uma ansiedade extrema. Mais do que a maioria dos homens, ele sofrera com as intrusões normais no cotidiano.

Ele também revelava uma ansiedade em relação ao tempo.

Erica fez uma pausa para descansar, caminhou até a janela e observou a terra nua. Ela tentou visualizá-la antes que o filósofo decidido cortasse as árvores, um bosque de eucaliptos longilíneos, pedaços de cascas de árvores no solo, a desordem habitual australiana. A que extremos as pessoas chegam para obter clareza.

Erica retomou a leitura.

Às dez horas, Sophie entrou fazendo um estardalhaço. Imediatamente o galpão corrugado ecoou a inquietação da outra mulher.

Sem se virar, Erica disse:

– Tente não derramar nada nessas páginas, por favor.

– Vou voltar para Sydney. Gostaria de partir esta manhã, se possível.

Erica ergueu os olhos. Sem perceber, Sophie pisara em algumas páginas.

– Você não parece ter dormido muito.

– Eu tomei uma decisão.

Ao notar o cenho franzido de Erica, ela se apressou a falar.

– Acabei de conversar com ele. Fui direto ao assunto. – Quando Sophie começou a andar de um lado para outro, Erica pensou de quem ela poderia estar falando. – A mulher é irrelevante. Ela não lhe faz nenhum bem. Meu projeto é que ele se torne um dos meus pacientes. Acho isso uma ideia brilhante. Eu o veria regularmente. Esse é o motivo de querer partir agora, mas é claro que não há trem.

Erica não podia ajudá-la.

– Olhe tudo isso. Tenho pelo menos três a quatro dias de leitura incessante.

– Mas estou pensando em seu carro. Ele não está sendo usado.

Erica encarou-a. A echarpe da véspera enrolava-se negligentemente em seu pescoço. Erica olhou as páginas à espera de uma avaliação. O trabalho começava a ficar interessante. Era como garimpar ouro. Enquadrado pela janela via-se um pequeno pedaço do céu. Tudo se aproximava do silêncio aqui. O pôr do sol na noite passada! E nesta noite Erica ansiava por uma repetição, o céu no final do dia reluzindo o calor e a imensidão, o grande ciclo do dia transformando-se em noite, com a cor cinza e rosada de penas de cacatuas, até que aos poucos, e depois de repente, se fechasse. Ela pensou se Lindsey bebia. E o que Roger – sr. Roger Antill, por favor – diria a respeito da partida de Sophie?

– Tenha cuidado – disse, ao entregar as chaves do carro a Sophie. – São sete horas de estrada sozinha. Você tem certeza de quer fazer isso?

Sophie parou na porta.

– Você não perguntou o que aconteceu na noite passada. Ele passou quase a noite inteira querendo obter informações sobre você. Como você se tornara uma "especialista"? Eu lhe contei as coisas mais fantásticas que pude imaginar, e ainda mais.

No final dos degraus Erica parou ao lado de Lindsey, e elas acenaram quando Sophie partiu.

– Eu de fato não a compreendi – disse Lindsey.

– Roger sabe que ela foi embora?

– Na maior parte do tempo eu desconheço o que meu irmão está fazendo.

Sem Sophie a casa tranquilizou-se. Lindsey fez chá e o levou para a varanda.

– Agora que Sophie não está aqui eu sinto que posso comer um pouco de bolo. Ela deve fazer exercícios, e coisas desse tipo. As roupas lhe caem bem.

– Sophie é uma excelente compradora. – Como não queria parecer que estava fazendo uma crítica mordaz à amiga, Erica acrescentou pensativa: – Seu pai sempre estimula Sophie, embora ela nem sempre tenha essa opinião.

– Ela deve ser uma boa profissional.

Lindsey continuou:

– Quando penso em Wesley lembro que ele tinha pequenos distúrbios nervosos. Eu pensei em pedir a opinião especializada de Sophie. Ele tinha fases boas, muito alegres, e depois passava uma semana trancado no quarto. Até eu me acostumar com essas oscilações de humor, eu batia na porta. Não recebia resposta. Eu deixava o jantar numa bandeja do lado de fora. Após alguns dias ele aparecia, como se nada houvesse acontecido.

Chegou o momento de Erica voltar ao galpão e mergulhar nas páginas. Mas era confortável sentar-se na varanda, nas cadeiras de vime com almofadas, olhando além dos galpões para o horizonte violeta-amarronzado, e o eucalipto alto à esquerda. Lindsey era uma companhia agradável. O modo como permitia, e até encorajava interrupções na conversa, imitava a paisagem.

– Meus irmãos e eu pertencemos a uma categoria especial – falou. – Mas acho que sou diferente. Wesley era determinado. Você sem dúvida já notou essa característica. Ele herdou o maxilar de nosso pai. Por causa do trabalho, Wesley tinha hábitos muito organizados e metódicos. Isso quase o tornou um irmão desagradável. Em dias alternados comia ovos quentes – disse Lindsey, virando-se para Erica. – Você sabe que ele pediu que o medidor de chuva fosse enterrado com ele? Você pode acreditar num pedido como esse? É claro que Roger cumpriu seus desejos.

Wesley costumava descer reclamando de sua conhecida dor de cabeça. Nem um quarto escuro nem a aspirina a amenizavam. Essas dores de cabeça eram um pós-choque, não necessariamente relacionadas com a maneira como aplicava sua mente aos temas mais impossíveis, e sim com o pensamento incansável todos os dias da semana, desde o momento em que acordava, e esse fato teve um efeito, perturbando as células do cérebro. Com frequência, Lindsey o encontrava com uma das mãos cobrindo os olhos. Sou um desses cachorros famintos com um osso, disse à irmã. "Não há nada que eu possa fazer."

Aparentemente Roger também tinha suas idiossincrasias. Nada grave, mas ela não queria descrevê-las.

Entre as forças de Erica havia a aptidão para concentrar-se. Tudo de que Erica precisava era apoiar os cotovelos numa escrivaninha, segurar o rosto com as mãos e examinar uma página. Erica podia trabalhar durante horas nessa posição. Ao se concentrar, ela se fortalecia. Tinha consciência disso.

Agora, depois de não ter almoçado, ela se reclinou na cadeira e parou de ler. Sophie estava a caminho de Sydney no pequeno carro, com a música do rádio tocando alto. Será que ela não percebeu que essa jornada solitária, uma precipitação louca, não a levaria a lugar nenhum? Era como se ela se arremetesse num futuro com o sol em seus olhos. Erica ficou imóvel e alongou-se.

Ela saiu do galpão e em vez de dirigir-se a casa do lado direito, caminhou para a esquerda, distanciando-se até que não houvesse mais portões. Aos poucos, o terreno ficou mais árido, com eucaliptos ressequidos, e só uma pegada ocasional de um animal. A terra estendia-se atrás dela. Se ela tivesse se virado e visto que não havia sinais, teria parado. Enquanto caminhava Erica decidiu elaborar, definitivamente, com toda sua força, que parecia nítida em pensamento, uma lógica desapaixonada diante de uma situação preestabelecida, uma firmeza inexpressiva, até mesmo um pouco de frieza, ou todas essas forças, porém evitando de alguma forma a frieza. Isso iria ajudá-la a avaliar os documentos de Wesley Antill e, quando a tarefa terminasse (estivesse concluída), ela fortaleceria seu trabalho filosófico, seus artigos, bem como manteria equilibrados os aspectos pessoais de sua vida. Enquanto pensava nessas questões e olhava os pássaros e as formigas, Erica perdeu os óculos escuros. Em dado momento, ela os estava usando e, subitamente, sumiram.

Enquanto os buscava ela praguejou e desejou ter alguma coisa para ajudá-la. Moveu-se em círculos, procurando em galhos baixos, sob arbustos, na terra nua. Ela parecia estar vagando num sonho. Começou a duvidar que os estivesse usando.

Ao dar meia-volta para retornar, ela não reconheceu nada em torno. Andou na direção onde supunha que a casa se localizava. Ela também queria seguir um caminho mais aberto, distante dos arbustos secos. Outra razão de andar seria para evitar o frio. Já passava das quatro horas. Erica estava vestida apenas com uma blusa de algodão de mangas curtas e shorts até os quadris. Decidiu caminhar um pouco mais até encontrar uma cerca; uma cerca – qualquer estaca com arame – que a levaria a casa.

A menos de dez passos, Erica viu o pelo cor de cerveja mover-se. Estava atrás de um capinzal. A raposa ficou de lado e depois foi embora, parando e olhando para Erica, que se imobilizara com o susto, até desaparecer.

O terreno elevou-se, mas ainda não havia cerca à vista.

Em um espaço de poucos dias tantas coisas haviam acontecido. Agora isso. Ainda não era uma situação de pânico, porém eles precisavam ter cautela. Sentou-se numa grande rocha para "reunir seus pensamentos", uma frase de que sempre gostara. Ela estava perdida, mas não de fato. Logo escureceria. E se começasse a nevar? Ser como a raposa – *adequar-se, sem medo*. A expressão de seu rosto miúdo encarava o futuro, com determinação, clareza, equilíbrio.

No entanto, não se moveu.

A princípio o som que ecoava de algum lugar foi tão inesperado, que Erica mal o notou. Só quando se aproximou e um lento sacolejar e chocalhar encheu o ambiente, um barulho cada vez mais alto e intrusivo, Erica levantou-se.

O alívio que sentiu ao ver a caminhonete familiar a fez se sentir aborrecida.

– Você vem comigo ou quer morrer congelada?

Assim que ela sentou, Roger Antill a olhou. Ele tirou o casaco.

– Obrigada – disse Erica. Pesado e enorme, o casaco tinha cheiro de carneiro, de terra e poeira de trigo.

– Ele fica bem em você.

Dirigindo com uma das mãos, ele seguiu a direção oposta a que ela iria tomar.
— Se era Sydney que você procurava, é um longo caminho.
— Não estou pensando em seguir Sophie.
— Sophie. O que aconteceu com ela?

Erica contou que Sophie voltara às pressas para Sydney por nenhuma razão plausível, segundo sua modesta opinião. Trata-se de um homem casado. Sophie nunca o descreveu totalmente.

Roger não tinha muito a comentar sobre esse assunto, e quando Erica, sentindo-se confortável na cabine com o casaco quente, começou a criticar Sophie e seus impulsos, ele disse:
— Ela é apaixonada por ele?

Às vezes era difícil, Erica explicou, notar a diferença entre a inquietação de Sophie e o súbito interesse por outra pessoa, um homem em especial. Roger assentiu com a cabeça.

Seguiram a estrada e Erica esperou enquanto ele parava o carro e verificava algumas coisas, como ovelhas perdidas e flutuações nas valas de água. Tudo estendia uma longa sombra; depois escureceu.

— De qualquer modo — disse ao acelerar o motor em direção à casa iluminada. — Parece que você foi abandonada aqui, nesse lugar.

— Abandonada? É engraçado. Não acho que tenha sido abandonada ao longo de minha vida.

E contou a Lindsey na cozinha aconchegante.
— Salvei-a dos corvos e das formigas. Dentro de uma semana recolheríamos seus ossos.

Lindsey viu Erica vestida com o casaco do irmão.
— É claro, eu presumi que você estivesse trabalhando no galpão.
— Foi só um passeio — disse Erica, encolhendo os ombros. — Porém mais longo do que eu imaginava.
— Além do pasto comprido — falou Roger em voz baixa.
— Veja se tem uma garrafa especial na adega do nosso pai.

Depois de uma refeição com dois pratos e um copo a mais, e como já passava das dez horas, Erica normalmente se sentiria sonolenta. Pensou no dia seguinte. Mas as circunstâncias não eram normais. Ela sobrevivera a uma aventura. Fora salva por ele. Ali estava ele sentado ao seu lado. Uma sensação muito estranha, que ela jamais experimentara. Sentia-se grata a ele por tê-la encontrado por acaso, e depois tratado a situação com leveza. De outro modo, ela ainda estaria perdida, sozinha, congelando até morrer. Não admira que estivesse descontraída, mais falante que o habitual. E, por isso, aceitou o convite de acompanhá-lo até a varanda, em vez de hesitar ou dizer não, muito obrigada, sua reação automática habitual. Sem medo. Por que não? Além disso, ele se apressou a achar um casaco, dessa vez um casacão pesado do tipo que costumava ser vendido nas lojas de suprimentos do Exército, que cheirava a carneiro, mas também a metal, combustível de motor, aves domésticas, um cheiro de maneira alguma desagradável, que ele pôs cerimoniosamente sobre seus ombros. Erica reclinou-se na espreguiçadeira, o repouso do filósofo, exceto por uma das pernas pendurada.

– Aqui está muito frio – disse Lindsey. – Vou deixá-los sozinhos. – Pela janela da cozinha Erica a viu tomar um grande gole direto da garrafa (e não ficou surpresa ou triste).

À sua esquerda ele pigarreou.

– Filosofia é sua especialidade. Então, o que pensa do material que está lendo?

– Ainda estou trabalhando nele. Examinando-o. – Isso poderia soar afetado, então ela acrescentou: – Eu não gosto mais da palavra "filosofia". Causa um certo desconforto, não acha?

Qualquer coisa que dissesse na varanda soava seco, teórico, experimental, *insignificante*, e sua "filosofia" compunha-se de todas essas coisas, de pouca utilidade para as complexidades da vida.

Roger Antill a ouvia imóvel.

Erica sentiu um calor agradável percorrer suas mãos, o rosto e as pernas.

– Até o ponto em que cheguei, seu irmão estava elaborando uma teoria das emoções.

– O que é isso, com base na experiência pessoal?

– Eu suponho, em parte. Ops! Sinto muito. – Seu pé direito tocara o dele. Que idiota: é o que ele vai pensar...

– Tudo que sei é que, quando nosso irmão voltou para cá – falou Roger à esquerda – e ficava parado do lado de fora olhando a vista, eu disse a Lindsey: Seu cabelo ficou inteiramente branco e ele não é muito mais velho do que eu.

– Isso pode acontecer – disse Erica de sua cadeira. – A dificuldade era saber como viver em relação aos outros.

– Eu não sei por que nosso irmão mudou sua maneira de ser. Sophie poderia esclarecer isso.

– Ela já deve estar em Sydney.

Erica pensou se Roger se parecia com o irmão; será que eram semelhantes? Wesley fora um homem prestativo?

Erica tocou o braço dele.

– Espero que você não tenha saído especialmente para me procurar. Se não tivesse me encontrado eu estaria agora num estado lamentável.

– Eu teria dirigido a noite inteira tocando a buzina, soltando fogos de artifício. Teria organizado grupos de busca, centenas de homens batendo nos arbustos com paus. Helicópteros com holofotes. Teríamos encontrado você. Só poderia estar em piores condições físicas, é tudo.

Isso fora a imensidão que não mais temia. "Tema global", uma expressão que ela já usara em seu trabalho filosófico.

Quando ele lhe perguntou quanto tempo demoraria para terminar a avaliação, Erica olhou para frente e respondeu:

– Muitos meses, no mínimo. Talvez mais.

Na escuridão ao seu lado ressoou um gemido exagerado.

Ela o instigou:

– Você não gostaria de ter um hóspede que não causa o menor problema?

– Eu tenho minha filosofia. Nada fantasiosa. – Levantou-se. – Você deve estar com frio. – Segurou sua mão e a levantou da espreguiçadeira. Mais alto que ela, Roger pôs a mão em seu quadril. E não a tirou. Mas parecia pensar em outra coisa. Ela não conseguia ver seu rosto.

Erica estendeu a mão para cumprimentá-lo.

– Muito obrigada por hoje.

Ela não sabia se era alívio, gratidão ou indiferença. Uma das funções da filosofia foi sempre a de iluminar o obscuro, o impreciso, o promissor.

Roger andou até a porta com o braço em torno da cintura dela. Na cozinha ela tirou o casaco, lhe entregou, e ficou parada sugerindo que poderia retirar para ele um vestido qualquer ou um roupão.

27

NATURALMENTE, presumi, achei óbvio, pois não poderia pensar de outra forma (eu ainda não havia refletido sobre isso o suficiente), que Cynthia, sobrecarregada com suas câmeras, iria comigo para o país vizinho, a Alemanha. Eu não falei que esse seria meu caminho de volta à casa.

Era impensável que eu não incluísse a Alemanha. Meus estudos em Sydney e as perambulações na Inglaterra e na Europa, a fim de estabelecer alguma espécie de fundamento filosófico, não tinham atingido o ponto culminante; eu teria de demonstrar, mesmo que só para mim mesmo, uma *leveza* em relação ao assunto. Nunca houve tanto diletantismo como nos dias atuais! Por toda parte que olhasse. Os diversos *ismos* recentes eram uma evidência disso. Depois da Grécia – eu decidira não ir a Atenas – a Alemanha era o berço natural da filosofia. Isso quase nunca é digno de ser mencionado.

A Alemanha nos deu não um ou dois, mas cinco dos gigantes da filosofia ocidental.

– Deve haver algo na água – explicou George Kybybolite. Ou era o irmão, Carl, tentando esclarecer o assunto?

Embora já tivesse chegado o momento de voltar para casa, eu cogitei aprender alemão.

Contei tudo isso a Cynthia, que apoiava a câmera nas coxas. Estávamos numa adega de cerveja, perto da estação. Ela parecia ouvir pela metade. Supus que sua atitude era uma aceitação óbvia ao convite, por que me preocupar em perguntar etc.? Iríamos ziguezagueando devagar de trem via Hanôver, Leipzig e outros centros importantes, até Berlim. Comecei a antecipar minha entrada na Alemanha como um tipo de verdor misterioso de um cinejornal sufocante.

Cynthia levantou a câmera, focalizou-a em nada em particular e me disse que iria para Viena com um dos irmãos Kybybolite, George. Eles partiriam de manhã.

Isso aconteceu sob meu nariz!

Enquanto mantinha a câmera no olho focalizando os donos da adega de cerveja, eu não soube o que dizer.

Devo admitir que minha atitude relaxada diante do momento presente, de mim e daqueles ao meu redor, e de coisas como o gosto da cerveja, explodiu em pedaços. Ainda não tinha sido rejeitado. Como uma tentativa de justificar o fato, disse a mim mesmo que eu não conhecia Cynthia, porque não havia muito a conhecer. Ela era pelo menos quinze anos mais nova que eu. Quando conversávamos, ela parecia absorta. Embora fizéssemos refeições e dormíssemos juntos havia cerca de um mês, pensei se por acaso eu a maltratara. (A resposta era: como?) Sentei imóvel e imaginei que aparência teria para ela. Porém, a mudança abrupta de opinião ao seu respeito tornou isso difícil. Aos seus olhos eu era um homem, mas um daqueles solenes. O mármore marrom, constantemente tentando dar sentido a algo, não muito distante de ser pedante. Um chato! Nesse ínterim, os ruidosos irmãos Kybybolite, com suas camisas democráticas e botas de lenhador, fazendo piadas, eram uma "boa companhia".

Uma mulher esguia de cabelos pretos que raramente sorria. Ela me rejeitou com um peteleco.

A estreiteza de minha maneira de pensar sem dúvida contaminou meu comportamento. Sempre carregara o perigo da rejeição. No entanto, apesar de examinar meticulosamente meus sentimentos, não fui muito além. Eu nunca me compreenderia, não por completo. Mostre-me alguém que se compreende. (E o que isso significa?)

Quando cruzei a fronteira e entrei na Alemanha meus pensamentos voltaram-se ao ponto no qual deveriam ter se concentrado em primeiro lugar. As viagens de trem tendiam a exacerbar o pensamento. Eu já notara isso. Na Inglaterra viciei-me em viagens de trem – algo relacionado a ser um passageiro através do tempo, no qual o presente efêmero podia instantaneamente converter-se em passado, ao passo que o futuro continuava sempre fora de alcance? Algumas das minhas melhores reflexões foram feitas em trens que percorriam as ilhas britânicas, assim como escrevi minhas melhores anotações em hotéis nas ferrovias, nas plataformas dos trens e nos cafés.

Eu dividi a mesa no vagão-restaurante com um moldureiro totalmente calvo e seu pequeno amigo que fabrica violinos, ambos de Mittenwald. Um homem silencioso sem um braço já estava sentado à mesa. Quando fiz um gesto para ajudá-lo a cortar a salsicha em pedaços ele se levantou e se afastou. Presumi que ele havia perdido o braço na guerra. Os dois velhos amigos de Mittenwald deram gargalhadas. "Qualquer pessoa que tosse tem tuberculose", um deles disse para o outro. Bastante razoável.

Os campos alemães, como são chamados, possuem muitas camadas espessas, como a formação de um pântano, e nas aldeias e cidades as igrejas esforçam-se para elevarem-se acima deles, com o uso da geometria, decoração e música.

Foi o moldureiro, creio, quem disse que tudo no mundo termina, de um modo ou de outro, emoldurado, "contido", esse foi o termo empregado. Um rosto como um exemplo óbvio. Ele é emoldurado pelo cabelo. E o corpo humano. Ele está contido na roupa escolhida para realçar ou suavizar algumas características. Coisas que alguém extrai da verdade, como telas a óleo de campos, ou de maçãs e uvas sobre uma mesa, são destacadas por uma moldura que acentua a ilusão. Isso foi dito com um forte sotaque inglês misturado com alemão. Então, o fabricante de violinos citou uma frase de alguém, "não existe uma ponte feia", e como não estávamos no momento cruzando um rio, supus que isso se referia a violinos. É estranho que eu me lembre de uma jovem inglesa ao lado de quem sentei embaixo de uma árvore no Hyde Park, que carregava uma caixa de violino e comia uma salada vegetariana. Olhos incomuns, bem separados. Ela ia para uma aula de violino. Quando apoiamos as costas na árvore eu imaginei, involuntariamente, ela de pé tocando Bartok ou uma peça difícil, nua. Com naturalidade, contou-me que seu pai fora um fazendeiro que plantava cogumelos. Ela adorava cogumelos. Todos os dias, disse, cozinhava e comia cogumelos.

Encontramos por acaso um estranho e logo o esquecemos; ao passo que outros, não existe uma lógica, permanecem em nossa memória.

Os dois artífices de Mittenwald eram calmos. Enquanto conversávamos eles olhavam a paisagem enquadrada pela grande janela, habituados à sua terra, mas observando-a.

Quando saltaram do trem em Heidelberg eles fizeram uma mesura superficial e não acenaram da plataforma. Não, eu não soube os nomes deles.

Sozinho no vagão-restaurante escrevi para Rosie, descrevendo-os, e numa explosão irritada aleguei que jamais teria encontrado esses tipos tão interessantes, ou ouvido a conversa deles, se não estivesse em um trem no Sul da Alemanha. E em outra explosão que só posso pensar que foi uma forma retorcida de saudade de casa, perguntei se havia um fabricante de violinos na cidade de Sydney.

Continuei: "Você já pensou em me visitar? Se ainda não, por que não vem?"

Em vez de voltar para casa eu sugeri a Rosie que abandonasse tudo e fosse me encontrar na Alemanha.

Escrevi de novo. Dessa vez enviei um cartão-postal: "Eu gostaria que você estivesse aqui agora." E enfatizei: "Você sabe o que eu quero dizer."

Disse a Lindsey que estava a caminho de casa, pelo menos na direção certa. Primeiro, precisava terminar uma pequena pesquisa ("distúrbios atmosféricos especiais"). Descrevi as mulheres de meia-idade alemãs que usavam chapéus quando almoçavam em restaurantes, segurando a faca e o garfo, chapéus que pareciam de caçadores, quase sempre com uma pena alta. Parecia que ia nevar. E, como meu irmão leria a carta, mencionei as plantações que consegui identificar na passagem.

Em um lugar chamado Bureten quando eu andava por um caminho coberto por folhas, parei de repente. Dei mais alguns passos e depois fiquei imóvel. Era algo que o fabricante de violinos dissera, uma citação, ou melhor, uma citação errada – as pessoas sempre fazem citações erradas – que seu amigo, o moldureiro calvo, traduziu para mim, embora não fosse de um filósofo que eu conhecia. Ele disse: "Sem mover um centímetro é possível conhecer o mundo inteiro." E lembrei que o moldureiro falara que seu amigo nunca saíra da Alemanha. Na verdade, ele raramente saía de sua casa na extremidade de Mittenwald, que funcionava também como oficina, e na maioria das vezes só para escolher um abeto ou um bordo numa floresta vizinha, que mandaria cortar para fabricar os violinos.

As ideias mais banais e sem originalidade podem deter nosso rumo.

Quando um vislumbre de clareza surge como uma nesga de luz reduzindo-se, é essencial parar tudo, ficar imóvel, ser paciente, para continuar a "vê-la". Nada se movia entre as árvores. Nesse momento percebi que não havia razão para estar num caminho de uma floresta no centro da Alemanha, que todas as perambulações deliberadas e extensas tinham sido uma perda de tempo, uma indulgência, um exemplo de evasão. "Quanto mais nos aprimoramos, menos sabemos", eu escrevera em meu caderno de anotações. Eu havia visto essa frase em algum lugar. Em geral, eu evitava a elocução délfica. Era mais uma questão de retornar para casa, voltar para a antiga casa da fazenda (aquele céu enorme), permanecer em um local, sem me mexer. Sem me deslocar um centímetro, eu começaria a olhar meu eu como um lugar a percorrer, devagar, e com curiosidade *examinar*, e por meu único intermédio tentar explicar o mundo mais amplo. Era o melhor caminho a seguir.

A interrupção das viagens também significava que não mais estudaria os trabalhos alheios. Em casa, na terra onde vira ovelhas e bezerros híbridos – deformações congênitas, anomalias, *enganos, erros da natureza* –, animais com cinco ou três patas, olhos cor-de-rosa etc. Nosso pai nos contou que havia nascido um cordeiro com duas cabeças no distrito. Essas aberrações eram discutidas na frente de nossa mãe à mesa do jantar.

Criações híbridas não são excepcionais; elas não duram.

Continuei de pé no caminho, imóvel, até que o tempo piorou.

Às vezes pensava em telefonar para Rosie dizendo: "Ouça, pare! Não faz sentido vir aqui. Estou voltando para casa."

Além do desejo de ver Rosie e de ser encorajado por ela, eu queria lhe mostrar meu progresso, como eu mudara, ou seja, como eu melhorara, como tinha ficado mais experiente. Percebi que não deveria estar aqui, não na Alemanha, não tinha nada para mostrar dos meus anos no exterior, nada em mim tinha substância; Rosie notaria isso rapidamente.

Mas já lhe havia telefonado. "Estava à espera de ouvir sua voz", disse. Conversamos durante uma hora, com naturalidade e intimidade, e ela concordou em vir. Estava a caminho.

Rosie ficou comigo na Alemanha menos de cinco semanas.

Encontrei-a em Berlim vestido com calças de veludo cotelê novas e um casaco marrom pesado até os joelhos. As calças baratas, a camisa velha e as botas estavam fora de cogitação. E também fiz a barba.

Quando Rosie entrou no terminal vi que usava apenas um cardigã leve. Ela não sabia que era inverno na Europa? Isso me irritou – seu provincianismo. Eu pus imediatamente meu casaco em seus ombros. Depois de comprar umas luvas fomos passear em Tiergarten.

Nós não nos víamos fazia muito tempo, eu havia perdido a conta. Rosie tinha trinta e dois anos. Ela ainda vivia no mesmo apartamento em Macleay Street. Por que não se casara? (Talvez tivesse.) Como conversaríamos de novo? Acima de tudo, lembrava-se de Sydney, de sua aceitação fácil de fatos externos. Nesse sentido era uma mulher moderna. Ao longo desses cinco ou seis anos seu rosto ficara mais complexo. E quadris mais largos, uma mulher mais melancólica e voluptuosa. Aluguei um pequeno carro. Fomos de um lugar para outro, Leipzig, Freiberg e o hotel inevitável sobre uma roda-d'água.

Rosie não se interessava por museus. Tinha de ser arrastada para visitar catedrais. Os castelos no Reno a deixaram indiferente. Em vez de passear nas grandes cidades ela preferia as cidades menores e as aldeias, como eram chamadas, e em nossos quartos superaquecidos ela deitava na cama ou no sofá oferecendo o quadril levantado, lendo, algumas vezes com os seios de fora. Notei que me observava. Eu havia esquecido como Rosie falava pouco. E agora na Alemanha falava ainda menos.

Senti que Rosie estava prestes a me contar algo. Ela parecia medir minhas reações.

Ela acreditava que tínhamos todo o tempo do mundo.

Dos onze cadernos de anotações, nove eu joguei fora em Bureten. Antes de pensar duas vezes me desfiz do resto.

Dizem que um filósofo deve dar exemplo, mesmo que seja só para si mesmo.

Comecei um caderno de anotações novo.

Não seria uma questão de pôr as mãos nos olhos e depois de algum tempo retirá-las?

Ficava próximo, pouco interessa de onde, ao alcance da voz de outro rio, num início de tarde. Rosie dirigia. Uma massa negra fluía do solo da floresta, dos galhos e das folhas, e o rio estava negro ou pelo menos muito escuro, sempre me lembrarei disso. A estrada tinha mais ou menos a mesma largura do rio, e uma escuridão brilhante similar, que lhe dava a aparência de um rio drenado ao lado do rio real. As nuvens e o céu estavam escuros. Logo começaria a nevar. Uma lebre cruzou correndo a estrada. Com meu passado rural pude explicar a Rosie a diferença entre esse animal e o coelho comum.

Rosie e eu tínhamos estabelecido uma intimidade fácil. Desde o primeiro dia em Berlim dormimos juntos. Agora, enquanto ela dirigia, tirei minha mão dentre suas pernas e apontei para o restaurante. Tinha um terraço envidraçado projetando-se sobre o rio. Em meio à escuridão o brilho branco das toalhas das mesas atraíra minha atenção.

Como Rosie estava feliz, eu me sentia mais feliz – quero dizer, despreocupado.

A tentação é de pensar e escrever de forma vaga, de usar qualquer artifício para esquivar-se da dificuldade da precisão.

Apesar de estarmos bem aquecidos, pedi conhaque.

O pensamento só existe paralelo à natureza.

– Acho que vou comer peixe de rio – disse com sua entonação *la di da*.

Quando estava com esse humor Rosie era engraçada. Agora seu olhar tinha um brilho relaxado.

Exceto por um casal idoso mais adiante, o resto das mesas estava vazio. Uma neve ligeira começou a cair. Aqui estávamos, no restaurante aquecido, olhando-a pela janela.

– Dê uma olhada nas orelhas do garçom, veja como são grandes.

Rosie virou-se. O garçom também tinha olhos pequenos.

– Tenho certeza de que eu o vi num filme em algum lugar. – Ela franziu a testa por um momento e depois deu de ombros.

Eu olhei para ela e sorri.

Sem razão aparente ela disse:

– Sinto-me totalmente segura aqui.

Essa era outra maneira de expressar contentamento.

– E isso pode surpreendê-lo, porque acha que eu sei tudo, mas estou extasiada com essa neve. Você acredita em mim?

– A primeira vez que eu a vi você estava no telhado de biquíni, coberta de óleo de bronzear. Essa não é uma visão que eu possa esquecer de repente.

– Muito obrigada.

Esse era o tom de nossa conversa.

Depois de uma garrafa de vinho Moselle escolhemos os doces. Eu pedi um conhaque e, em seguida, mais um. Até então,

Rosie, que conversara desinibida, ficou melancólica. A neve continuava a encher os buracos do outro lado do rio.

– Quando penso nas regiões frias da terra, imagino o que fazemos lá. Como conseguimos sobreviver. A importância de um meio ambiente difícil para a família, "a unidade familiar" – eu disse em voz alta. – Mas deve-se admitir que esse lugar é muito bonito.

– Por que "deve-se admitir"? – ela perguntou.

Eu jogara fora os antigos cadernos de anotações com as proposições evasivas e a dependência de outros pensadores. Como começava sob uma nova forma, senti-me renovado. Eu era perspicaz. Rosie estava comigo. E a neve transformara a cena do rio numa pintura de cartão-postal.

Nesse momento decidi contar que pensava em voltar para a Austrália dali a algumas semanas e, sem desviar os olhos dela, perguntei se ela se reuniria a mim na propriedade.

– Eu acabei de chegar!

Essa era a Rosie evitando um compromisso com uma atitude despreocupada. No entanto, se eu esperasse um pouco, ela assumiria um ar sério.

– O que eu faria o dia inteiro? A resposta é sim.

Quando voltamos para o carro ela falou de uma maneira que eu nunca tinha ouvido antes.

– Pensei que você me escreveria ao ir embora de Sydney. Eu não sei por que não o fez. Tudo que sabia é que estava em Londres. É uma cidade grande, ou esta é uma cidade grande? Não sabia o que fazer. Precisava entrar em contato com você, o que fiz por intermédio de Lindsey. Apresentei-me a ela. Eu gosto de sua irmã. Bem, recebi por fim um cartão. Tinha um policial inglês na frente.

Ela deu meia-volta na estrada.

–Você partiu de repente. Eu não entendi, e ainda não entendo. Era como se você quisesse esquecer nossa relação. Lembra como nos dávamos bem? Você me disse certa vez que a palavra "natural" era impossível. Acho que nos comportávamos de maneira natural.

A estrada escura seguia o rio. Pusera minha mão entre suas pernas, onde sabia que estava tão escuro e vivo como o rio.

– Eu entendo que você quisesse fugir o mais rápido possível da apavorante sra. Sei-lá-quem, a mulher Kentridge. Ela é um horror. Mas eu não sou uma tarântula ou uma coisa qualquer.

Lembro que pensei que uma vida consiste em curiosidades satisfeitas. E que as complexidades aumentam quando as circunstâncias são obscuras.

Rosie continuou a falar:

– Você precisa saber. Fiquei grávida, de você. Tentei contatá-lo, o que você faria? Essa é uma questão filosófica para você! Tive de tomar a decisão sozinha. Eu faria o aborto de qualquer forma. Mas foi triste. Isso me entristeceu. Eu não sei por que o fiz.

Estendi o braço para acender as luzes. Seria melhor diminuir a velocidade, a estrada estava gelada.

– Qual é a opinião dos filósofos sobre isso? Não, oh! merda!

Vi o carro derrapar, cruzar a estrada cada vez mais rápido, como um cachorro deslizando no linóleo. Rosie deu um grito sufocado. A ponte de pedra bloqueava a vista. Batemos nela, o carro capotou uma vez, e mais uma. Parecia um animal louco sendo esmagado. Fiquei com o rosto emborcado na margem do rio, a boca cheia de neve. O carro alugado desapareceu flutuando de cabeça para baixo no rio.

Seria melhor se eu revisse minha vida como uma série de incidentes, ou alterações racionais, além de observações, especulações e correções, fragmentos do que passara em minha mente, a *autorreflexão*, algumas notas sobre o que aprendi mais pelo estudo do que na "vida", mesmo que eu tenha dificuldade em dizer o que de fato aprendi. Certa obstinação é necessária? Anotar os atos de uma ignorância tola, os exemplos de cegueira... como passei tempo demais num determinado estilo de vida, ou seguindo uma única linha de pensamento. ("Visão por um só prisma.") As metas estabelecidas na juventude ainda existem, mas estão cada vez mais fora do alcance. Haveria uma lista de boas e más ações. Dar uma atenção merecida à minha curiosidade em geral. As anotações não precisam ser longas. Bastaria uma frase. Uma anotação por página. Elas poderiam ser jogadas no ar e deixar que se organizassem em qualquer ordem, porque são partes aleatórias de uma vida, a minha. Vale a pena tentar. Primeiro, porque evitaria pensar em todas as pequenas cidades, rios e cada pôr do sol que Rosie e eu vimos na Alemanha; ou o fato de que meu cabelo ficou branco como a neve na margem do rio na Alemanha, e que a partir desse momento transformei-me numa pessoa diferente, alterada. Ou: "Depois que ele se recuperou numa *pension* em Vence, onde durante meses ficou fechado num quarto como um cachorro, voltou sozinho para Sydney em 5 de julho de 2001, com a notícia da morte do pai."

28

O QUE ROGER chamava de sua "filosofia" não podia ser levado a sério. Ao contrário do irmão, ele não passara anos estudando ou pensando sobre um assunto; além dos rascunhos de Wesley escritos com tinta azul, ele não lera uma única frase acerca de um tema filosófico. Roger era um fazendeiro com uma mente simples que administrava milhares de acres de terras de criação de carneiros merinos. Suas unhas eram sujas. Mesmo a maneira como concebera por acaso sua "filosofia" tinha uma conotação amadorística. Quando levou Erica à cidade, Roger parou na sombra de uma árvore. Por um instante ele pôs as mãos no volante e ficou calado (reunindo os pensamentos). Uma estrada suja e ninguém à vista durante quilômetros. Com a experiência de uma grande cidade, Erica esperou o súbito momento desconfortável. E aconteceu de forma inusitada. Roger segurou a mão de Erica para, disse, demonstrar o que considerava ser não apenas uma filosofia, como também uma filosofia prática.

Ele percebera que a mão, a mão de todas as pessoas, segue os desejos da mente, isto é, pensamentos, teorias, posições morais, as paixões etc. A mão realiza os desejos de uma decisão; isso é a rendição prática da filosofia. A mão segura a espada, aperta o gatilho, estrangula, assinala a execução; as mãos levantam-se ao se renderem. Acenam um até logo. Qualquer teoria das paixões é por fim concretizada pela mão – mãos e dedos percorrendo o outro corpo. Quantos ossos tem a mão? Vinte e sete. Todos a serviço de um pensamento, de uma posição filosófica. Cumprimentamos com as mãos. Trabalhamos com as mãos. Roger Antill não incluiu a agricultura por pensar que não era suficientemente filosófica. A caneta é sustentada pela mão. A criação da filosofia depende da mão. (Os sonhos e a psicanálise não! – Sophie.) A lógica via a medicina, a mão do cirurgião. E a música, a composição e sua regência, o fato de tocá-la ou segurar o microfone. Como focalizamos uma câmera, a acionamos ou enrolamos o filme? Contar os dedos – aposto que é a fonte da aritmética. Assinar documentos, aplicar no rosto os ideais de beleza; puxar o zíper de nossas calças. Os ponteiros do relógio. Mãos cortadas por punição.

Erica, sentada no amplo assento da caminhonete, não sabia se ouvia polidamente, ria ou fazia um sinal de encorajamento, ou se ela se anteciparia e demoliria a ideia dele, atearia fogo, mesmo se fosse só uma tentativa, porque sua teoria das mãos, ou qualquer coisa que fosse, não tinha fundamento filosófico. Nada mais era do que detalhar o óbvio. (Na opinião de Sophie, a teoria de Roger revelaria um estado de desordem obsessiva. Por favor, procure um terapeuta.) Mas, quando Roger pegou sua mão e ela deixou que se apoiasse na dele, um passarinho aquecido, apesar de todo seu treinamento e sua devoção à lógica, que ao longo do tempo estimulou certa severidade, seu lado distante e masculino, Erica relaxou e continuou a ouvir. Ele deu exemplos de movimentos das mãos. Ela se sentiu diferente. Algo acontecia. E através do para-brisa e ao lado havia a paisagem, quente, ensolarada e tranquila, que ela jamais vira antes.

29

U<small>M FILÓSOFO</small> é uma pessoa insatisfeita.

Apenas pequenas partes de uma pessoa filosófica são plenamente desenvolvidas. Certa infantilidade.

"Por que existe alguma coisa em vez do nada?"

O quebra-cabeça implica continuar ou não o *quebra-cabeça*. O quebra-cabeça? O que estamos fazendo *aqui*? O que pode ser descrito etc. A vida é uma intrusa no pensamento. A impossibilidade de ser verdadeiro, de ser bom, de não infligir dano ou mudar outra pessoa, e, ao mesmo tempo, reter e reforçar a individualidade.

Um estudo sobre ética é mais difícil do que uma reflexão acerca das emoções.

Tudo é separado; tudo é dividido; a separação é uma condição geral.

Não diga "filosofia", diga "provisório". Uma filosofia provisória, sempre provisória, uma sugestão, nada mais do que isso.

Sou incapaz de distinguir a verdade. Não obstante...

A filosofia é a modelagem de materiais imperfeitos.

A expressão *até então* – atraente. Deve ser usada.

O carneiro nunca para de comer. A importância do lazer.

A filosofia não "existe".

Trabalhar com uma faceta das formas convencionais.

Terreno – palavra útil. O terreno do pensamento, a forma das palavras.

O processo de perturbar a mente é a mente.

Não existe nada comum em todas as coisas.

A filosofia como uma força natural.

Terminamos por nos transformar.

Ele captou a palavra *supervisão*.

Como fazer algo com todas as sensações.

O quebra-cabeça nunca muda: "Como eu me relaciono com o mundo e com o que chamo de minha vida?"

Exceto que precisa ser generalizado.

As palavras são um acréscimo recente à natureza. Uma cultura lacônica nada mais é que uma etapa um pouco acima da cultura oral.

É claro que o filósofo deve desprezar a fotografia. Ela é inimiga da filosofia, do que não pode ser visto.

Uma emoção é substituída por outra.

Disseram (Locke) que a experiência assemelha-se a uma mobília chegando a uma casa vazia.
    Em razão da impossibilidade de viver sem experiência, os pensamentos e ideias não são especiais.

As emoções são ativadas pela experiência.

A luta das emoções para serem frias ou ardentes. Essas são as oscilações da mente.

A filosofia não existe sem teimosia.

"A modéstia é uma espécie de ambição."

Um amor intelectual pode existir?

A filosofia moral não necessariamente explica como devemos viver.
    Como é possível medir o pensamento humano em oposição à existência e ao movimento da natureza.

Era o ambiente, diversos bricabraques, apêndices, ligações e não um compromisso.

Existe algo mais que autoabsorção?

Por que ser leal com alguém e não com os demais?

"Sem isolamento não existe nada Nobre ou Grandioso a ser obtido."
　　Duplo, até mesmo triplo isolamento. Ele começa a conduzir à indiferença.

A ambição é a fonte de todas as emoções.
　　Muitas das emoções relacionam-se ao passado.

O desejo de amar é mais forte que o desejo de ser amado.

Algumas emoções não têm nome.

Tristeza e melancolia são funções corporais. A mulher chora no banco do parque. O amor entre duas pessoas não é nunca igual. Amor – uma confusão. A perda é a maior delas. Jamais devemos nos surpreender com nossas emoções. Devido às nossas emoções nunca conhecemos de fato a outra pessoa. Fazemos suposições em demasia sobre nós e em relação aos outros. Recordação – uma interferência. Decepção, ser decepcionado. Afastar-se.
　　A paisagem e o pensamento. Fazia frio na Alemanha. Isolar-se e agir com frieza.
　　Naquele tempo eu queria, mais do que qualquer outra coisa, o entorpecimento.
　　Eu tive uma espécie de colapso nervoso.

Nós somos passivos; só podemos ser poderosos até uma curta extensão.

Como retirar a subjetividade da *autorreflexão*.

O esforço de se mover em direção à filosofia converte-se em filosofia.

O amor é o reconhecimento de afinidades desequilibradas. Veja as harmonias desiguais da natureza.

"Esta psicanálise insinuante de conduta normal."

As necessidades vagas e indefinidas de uma pessoa significam a redução do outro.
    Tudo é modelado e descrito pelas palavras.

Viver com simplicidade e calma é quase uma filosofia.

Ao separar-me das pessoas, eu pensei que poderia realizar meu trabalho.

Somos filósofos; é impossível evitar.

Este livro foi impresso na Editora JPA Ltda.,
Av. Brasil, 10.600 – Rio de Janeiro – RJ,
para a Editora Rocco Ltda.